Georg Petz
Übernachtungen

Graz, 23.10..03

Für meinen besten guten Freund!

Georg

Georg Petz

Übernachtungen
Erzählung

Steirische Verlagsgesellschaft

Die Drucklegung dieses Buches wurde gefördert durch:

© 2003 Steirische Verlagsgesellschaft m. b. H.
Alle Rechte vorbehalten
Kein Teil des Werkes darf in irgendeiner Form (durch Fotografie, Mikrofilm oder ein anderes Verfahren) ohne schriftliche Genehmigung des Verlages reproduziert oder unter Verwendung elektronischer Systeme verarbeitet, vervielfältigt oder verbreitet werden.
Umschlag: Peter Eberl, Gleisdorf
Druck: Druckerei Theiss, A-9431 St. Stefan im Lavanttal
Gesamtherstellung: Steirische Verlagsgesellschaft m. b. H.

ISBN 3-85489-095-8

Jana spielte Klavier wie besessen.
Es waren Stunden, seit sie mit dem Üben begonnen hatte, einfache Tonleitern, die sie rauf und runter lief und in denen sie plötzlich verharrte, es war eine Stelle darin, über die sie nicht hinwegkam, vielleicht auch nicht hinwegkommen wollte, denn sie verspielte sich nicht, bloß der Anschlag wurde schwächer, dann brach die Musik ab, oder ihre Hand stotterte und mit ihr das Klavier.
Ich hörte einen dumpfen Schlag, sie schlug mit der flachen Hand gegen den Korpus, oder mit der Stirn, ich wusste es nie genau, gegen den trägen, schwarz lackierten Unterleib des Instruments, dass das Dröhnen im leeren Raum, im leeren Kopf widerhallte, aus dem Bauch des Klaviers heraus, das keine Seele hatte, sondern nur Saiten gespannt an ihrer Stelle. Die schrien auch, wenn man sie schlug.

Jana schrie.

Dann, mit der Stille, setzten auch die Tonleitern wieder ein.

Ich habe Jana nie schreien gehört, vor diesem Moment am Klavier oder danach. Sie war still, nicht, weil sie nichts zu sagen wusste, aus der Melancholie heraus, sondern weil sie damals alles geschrien hatte, was zu schreien war. Über die Tastatur hinweg in schwarz, weiß, und sie, Jana, verklang zusammen mit dem Echo aus dem Inneren des Instruments, ohne dass ein Zusammenhang zwischen beidem bestanden hätte.

Auf den Schrei folgten die nächsten Tonreihen, ihr plötzlicher Ausbruch nur Teil einer Symphonie hässlicher und weniger hässlicher Töne. Wie ihr Schreien, und das verzweifelte Festhalten am Fingersatz.

Im Hintergrund die Stimmen von draußen, der Wind von draußen, ihre eigenen Atemzüge, es war nie wirklich still. Nie wirklich still.

Das Leben definiert sich nur aus seinen Geräuschen, hatte ihr Freund einmal gesagt. So ähnlich zumindest, nur viel gewandter, denn der Spruch hatte ihr gefallen. Sie hatte ihn auf farbigem Papier niedergeschrieben und am Fußboden festgeklebt, bis ihr jemand zwei Tage später die Zettel fein säuberlich vom Boden löste. Sie fand sie im Müllkübel wieder.

Seit damals war sie darauf bedacht, Lärm zu machen. Mit einem bisher noch nie dagewesenen Lebensdurst machte sie Lärm, für sich allein, für andere. Sie trommelte mit den Fingern auf den Tisch, beim Essen; sie sang manchmal, wenn sie alleine war und ihr der Raum zu groß wurde. Sie saß da und hörte ihr eigenes Atemholen vor der Stille, ein befremdendes Geräusch, aber ein Geräusch vor dem unbelebten Hintergrund. Dann sang sie oder tat sonst etwas.
Oder sie stand in einem Lokal, an den atmosphärisch glänzenden Lacktischen im Kaffeehaus. In einem der hässlichen Studentenkeller entlang des Glacis, unter den Wandschmierereien, und sang plötzlich ein Lied, ganz

entgegen dem Lärm der Trinkenden und oft mitten in deren Gespräche hinein.

Und dann, wenn sie nachts nach Hause kam, in ein stilles Haus, durch den Stadtpark, der ebenso fremd inmitten der Stadt lag mit seinen leisen Geräuschen wie sie selbst, und in die Ruhe in den Gängen der Wohnung und in ihrem Zimmer. Dann war es, dass sie sich von Zeit zu Zeit einfach an das Klavier setzen wollte, das dort in der Ecke stand, und dass sie darauf spielen wollte und nicht spielen konnte. Sie hatte nie gelernt, wie sie den großen dunklen Bauch des Instruments zum Klingen brachte. In manchen Nächten.

In manchen Nächten.
Wenn sie einmal den Mut gehabt hätte, erzählte sie mir, hätte sie sich hingesetzt und einfach zu spielen angefangen. An den oberen und unteren Enden der Tastatur zugleich, und die Hände laufen aufeinander zu, bis die Nachbarn von allen Seiten läuten, an die Wände klopfen, bis jeder im Haus nach Ruhe schreit und mit ihr zusammen die schreckliche Stille zerstört.

Die Stille, die ist ein Spiegel.
Die Nacht.
Deshalb schimmert das Morgengrauen manchmal silbern an den Rändern.
Die Sterne sind nichts als Scherben, erklärte sie mir, wer danach greift, schneidet sich nur an den Fingern. Zeit deines Lebens.

Greif nicht nach den Sternen.

Jana griff an einem Montag zum ersten Mal nach den Sternen.
Zu zweit oder zu dritt, sie wusste es nicht mehr so genau.

Wir marschierten gerade durch den Stadtpark, durch irgendeine Allee, die noch grün war vor dem Herbst, und sie begann zu reden, ohne selbst darauf zu achten. Sie redete, ohne dass es sie interessierte, ob ich ihr zuhörte. Ob ich überhaupt noch neben ihr ging. Ob das noch ich war im Kies neben ihr oder ein verstohlener Operngast, ein Theaterbesucher, der sich genauso verlaufen hatte wie wir uns. Sie redete von einem Montag, vielleicht drei Wochen bevor ich sie kennengelernt hatte. Vor dem Schrei.

Und von den Sternen. Ich kannte das Ritual.
Die Spannung, die Vorfreude auf das Verbotene, als der Freund das Päckchen auf den Tisch legte. Jana roch ein wenig daran. Es war der vertraute Geruch, wie ein Knäuel grüner Tee, und sie lachte darüber mit den anderen. Über die leere Cola-Flasche, in die sie Löcher schnitt, während der Nächste den Tabak ausbreitete und mit dem Cannabis vermischte. Ein Loch am Ende der Flasche so groß wie ihr Daumennagel.

Die Gleichgültigkeit.

Jana blieb für einen Moment stehen. Wir waren in der Mitte des Stadtparks angelangt, bei dem Brunnen, von

dem ich nie wusste, wie er in Wahrheit hieß. Europabrunnen oder Brunnen der Menschenrechte wahrscheinlich. Wir standen davor und erst nach einiger Zeit bemerkte sie, *er ist abgeschaltet*, der Brunnen war abgeschaltet. Sie sagte, dass er aufgeschwemmt aussehe und hässlich, während es zu nieseln begann und sie sich auf eine der Bänke setzte, die im Kreis um den Brunnen herumstanden und das brackige Wasser ein zweites Mal einfriedeten, zum Schein.
Ich setzte mich zu ihr. Sie roch wie das Wasser, nur tiefer.

Den ersten Zug, sagte sie, nahm sie ohne einen Gedanken an die Sterne, es war ihr gleich. Die Droge war stärker als gewohnt, das spürte sie sofort. Im Nachsetzen noch den zweiten Zug und den dritten, bevor sie sich den *Schuss* gab: Das Loch am Flaschenende war jetzt frei vom Papier und den immer noch glimmenden Tabakresten, die Flasche selbst weiß vom Rauch, der sich in ihrem Inneren angesammelt hatte, und mit einem Atemzug sog sie sie zur Gänze leer. Sie behielt den Qualm in der Lunge bis sie glaubte, ersticken zu müssen, ein abstoßendes Gemisch aus Tabak, Marihuana und Sauerstoff, und sie nickte in das Gelächter der anderen und über den Brechreiz, der sie plötzlich befiel.

Nur nicht kotzen, sagte sie und hob ein Steinchen aus dem Schmutz unter der Bank und drückte es mir in die Hand. Nur nicht klein beigeben und zeigen, was du nicht kannst.

Sie hätte heulen wollen, sagte sie, sie sei hysterisch gewesen, und ich dachte mir, es müsse das Nieseln sein, oder der Nebel, der an ihr so nach dem Wasser roch, denn er setzte sich an den Fingern und im Gesicht, dass Jana einen Augenblick lang still war und lachte, ich hätte innen ganz beschlagene Augen.

Wie Milchglas.

Dann begann Janas Montag.
Mit einem leichten Kribbeln in den Haarspitzen. Mit der Musik, die auf einmal lauter wurde und in allen Ecken war, und Jana machte Lärm dazu, lachte, ließ sich aufs Bett fallen und auf den Boden zu den anderen, sie wollte leben, erklärte sie mir später, nur deshalb.
Nur die Füße konnte sie nicht heben, die waren zu schwer, die waren ihr fremd.
Sie lachte über die anderen, wie sie sich einrauchten und die Cola-Flasche immer zum Nächsten weiterreichten, die so weiß war vom Qualm und wie mit Seifenschaum ausgelegt. Sie roch das Knistern der Asche. Sie roch den Rauch, der nicht süß war, sondern einfach nur schwer wie ihre Füße, und die kalte Luft, die der Ventilator durch das offene Fenster nach innen trieb, im Fenster stand ein Ventilator.
Sie roch sich selbst, den Schweiß unter ihrem Haar und am Bauch, sie war noch erregt, ihr Geschlecht und die Brust. Dabei war ihr so übel, dass sie sich in einem fort einreden musste, das gehöre dazu. Das war so. Es war ihr gleich.

Du bist blass, Jana, sagten sie und sie verneinte es mit einem Kopfschütteln. Ich bin nicht blass. Ich spüre nichts.

Erst nach langer Zeit, mit dem sicheren Abstand des Klaviers zwischen uns und ohne die Hände von den Tasten zu nehmen, erzählte sie mir, was sie damals wirklich dazu bewogen hatte, weiter zu machen. Sie schlug alle paar Worte wahllos auf eine der Tasten, dass ihr Gespräch nur noch mehr zerfuhr und für ihr Schweigen oft nur der Ton einstand, den sie gerade traf. Ein heller, schlanker Ton, der ihr genug bedeutete als dass ich sie verstehen musste; sie sprach dann auf diese Weise.

Bloß im Stadtpark, unter dem Nieseln, schwieg sie noch dazu, sagte es mir erst später, viel später.

Du solltest aufhören, Jana. Du hast genug.
Und aus irgendeinem Grund wollte sie plötzlich noch nicht genug haben oder einfach nur diesen berauschten, lachenden Gesichtern der anderen um sich herum widersprechen. Einfach einmal nicht das glauben, was die anderen ihr sagten, andere vorsagten, und sie schüttelte den Kopf.
Die Geräusche wurden lauter, das Leben brach in einem über sie herein, so beschrieb sie es zumindest, und sie wollte mitschreien und lauter, immer noch lauter sein.
Wir waren wieder im Stadtpark, vor dem Brunnen auf der Bank, und Jana stockte mit einem Mal. Sie schwieg ja damals, erklärte mir erst weit danach, was eigentlich gewesen war und warum, am Klavier. Sie stand auf und

meinte, dass es seltsam sei. Die ganze Zeit über wundere sie sich schon, warum ich so nach dem Wasser rieche, und sie wolle heimgehen.

Das war eine Woche vor dem Schrei.
Wir bogen aufs Glacis hinaus und gingen den Radweg entlang. Er lag voller Blätter.

Was dann geschehen sei, fragte ich.
Nichts, lachte sie.
Nach dem fünften Mal, lachte sie, war sie in den Sternen und schnitt sich endlich die Finger. Sie rutschte vom Bett und musste sich übergeben, die Farben fielen ihr mit einem Mal von allen Seiten ins Gesicht, in allen Brechungen, sie war für zehn Sekunden ein Kaleidoskop bunter, tanzender Konturen. Dann schlug sie mit dem Kopf auf dem Boden auf und blieb dort liegen. Im Gesicht das Erbrochene und die Angst vom Ende.
Den Rest wusste sie selbst nur mehr aus den Erzählungen.
Ich kannte ihn ohnehin.

Sie lag am Boden und die Lider flatterten ihr über den nach oben gedrehten Augen, die waren innen so weiß wie die Flasche, die jetzt leer in ihrer Hand lag. Dazu schlug sie mit dem Kopf hin und her und mit den Armen, wischte sich in ihrer sonderbaren Epilepsie die erbrochene Galle über die Stirn und in die Haare, und von Zeit zu Zeit schrie sie auf, dass die Musik so laut war. Dass überhaupt alles so laut war. Das Leben so laut war, dass es ihre Ohren überstieg und sie sich wünschte, es sollte doch endlich aufhören. Voll das Leben. Ihr Pulsschlag verdreifacht. Was Wunder, wie schnell sie sich verlebte.

Aber es sei seltsam gewesen: Als sie dann das Blut vor ihren Trommelfellen rauschen hörte, und nur mehr ihr Herz, als sie das bis zum Nabel hinunter bekotzte T-Shirt roch und ihre Haarwurzeln, wie sie sich unmerklich aufstellten, fielen ihr die Blätter wieder ein und sie begann in ihrem Delirium von den Blättern zu träumen.

Die verlebten sich genauso schnell, meinte sie, manchmal nur eine einzige kalte Nacht und sie verwelkten.
Damals war sie zeitig aufgestanden, im November, vor der Vorlesung, und es lag Schnee in der ganzen Stadt. Über dem Schnee waren die Blätter abgefallen und lagen nun entlang der Allee oder der Straße: Es war bloß eine Straße, in der links und rechts die Bäume zwischen den Häusern standen. Bis an ihr Ende lagen knöchelhoch die Blätter.
Sie hatte sich damals gewundert, woher die Blätter gekommen waren, denn auch auf den Bäumen hingen noch Blätter. Die Kronen sahen um kein bisschen lichter aus als tags zuvor, noch nicht einmal herbstlich. Dafür wünschte sie sich, es hätte vom Morgen an Blätter *geregnet*. Der Gedanke war lächerlich und sie verlachte sich selbst dafür. Dabei sagt man: *Es regnet Blätter*.

Das Erstaunlichste aber war der Geruch, der in der Straße stand.

Ein grüner Teppich, der einen Duft nach Harz ausrollte, und nach dem Sommer. Selbst im Urlaub am Meer, im Juli, hatte Jana den Sommer nie so intensiv gerochen wie jetzt. Das war, weil die Kälte so schnell gekommen war und all das noch nicht aus den Blättern zurückgegangen war, die Farbe oder eben der Geruch, was sich zuvor über Monate darin angesammelt hatte. Bevor sie im Frost abbrachen.

Wie der Sommer roch, fragte ich sie.
Jana sah mich leise an und streichelte das Klavier. Sie mochte meine Frage nicht.

Du sollst mir zuhören.

Sie spielte ein C, soviel konnte ich von ihren Fingern ablesen.

Auf jeden Fall hatte es sie erstaunt, wie lebendig soviel totes Laub riechen konnte, und deshalb fiel es ihr wieder ein, als sie in ihren seltsamen Zuckungen lag und sich vor sich selbst ekelte.
Weil sie selbst jetzt nichts mit dem Sommer gemeinsam hatte und mit dem Meer und mit Piran, sondern bloß klebrig nach Erbrochenem roch und nach dem Lubrikat zwischen ihren Beinen.

Sie dachte, sie sei tot.
Sie sei hysterisch gewesen, das sagte sie selbst, weil sie dachte, sie müsse jeden Moment sterben und es wäre der

lächerlichste Tod, den sie jemals gesehen habe. Sie sah ihn ja nicht einmal richtig. Dafür ekelte sie der eigene Geruch.
Ihr Vergleich sei unsinnig, sagte ich. Sie hatte zuviel genommen, das wusste sie. Das wusste auch ich. Wir hatten noch lauthals darüber gelacht, als ich sie kennenlernte, mit ihren Freunden: Sie erzählte ihre Überdosis wie verschüttete Milch, man amüsierte sich so gut darüber.

Es war immer so.
Und das mit den Blättern war nicht weniger schlüssig: Die dufteten auch nicht mit einem Mal, wenn sie starben. Sie rochen bloß ein wenig intensiver nach sich selbst, so wie sie. So wie Jana. Die Zeit des Verwelkens war dann für alle geruchlos.

Jana war mit dem Kopf am Boden aufgeschlagen und hing nun seltsam zerknittert zwischen Teppich und Bettrand. Ihr Gesicht war weit offen. Sie verschwand irgendwo unter dem Gelächter der anderen, als die sich ihren Spaß daraus machten, sie an allen möglichen Körperstellen zu berühren, wo sie nichts mehr davon bemerkte und entweder vor Schmerz oder vor Lust stöhnte; und in den Geräuschen verschwand sie, die in ihrem Kopf waren und die sie für ihr Leben hielt. So lange es lärmte, lebte sie noch. So lange sie lärmte.
Sie dachte an das Klavierspielen und an ihre Finger, und dass die jetzt wohl endgültig zerschnitten waren.

Die Hässlichkeit ihrer Sprache.
Sie hasste, was sie sagte, und ihre Stimme. Zu dünn. Zu behaucht. Sie hörte sich selbst von außen, wie auf Tonband, wenn sie unter all den fremden Händen aufseufzte, und sie begann, sich deswegen zu hassen.
Sie war hässlich. Eine Schmierenkomödiantin in ihrem eigenen hässlichen Schauspiel. Man sollte sie in einem fort verlachen.

Stattdessen schlug sie ein drittes Mal mit dem Kopf gegen den Boden und diesmal, sagte sie, klang es noch ein wenig dumpfer als zuvor. Die andern hörten auf, sie zu kitzeln. Sie lösten das mittlerweile vollkommen bewusstlose Mädchen vom Teppich und schleppten es in das Zimmer nebenan, weil Jana sich nur mehr wie zufällig ab und zu rührte. Ich wusste es lange bevor sie selbst es mir erzählte.
Die anderen hatten Angst, sie könnte tatsächlich sterben. Immerhin wären ihre Augen rot unterlaufen, sagten sie.

Nach einer Stunde.
Jana landete in einem dunklen Zimmer, das sie nicht kannte und auf einem Bett, das ihr genauso fremd war wie sie sich selbst in ihrem Zustand. So nannte sie es später über das Klavier hinweg, als sie schon lange losschreien wollte.

Die plötzliche Stille und die Finsternis ließen sie allein. Unter dem Türspalt schien Licht hindurch. Die anderen saßen davor und rauchten. Jana stieß die unbezogene

Decke von der Brust und legte sich halb neben das Bett, halb darauf mit angewinkelten Knien und den Beinen irgendwo über sich unter dem Kopfpolster vergraben.
Neben dem Bett war eine kleine Kommode und am anderen Ende des Zimmers war ein Tisch, von dem sie nur erkannte, dass etwas darauf stand, eine Vase vielleicht. Ob sie leer war oder ob jemand Blumen darin eingefrischt hatte, sah sie schon nicht mehr. Dafür fand sie ein Fenster an der Stirnwand des Zimmers, durch das sie ein Stück Himmel erkennen konnte und die Lichter vom Schlossberg in dessen unterster rechter Ecke. Der Himmel war violett und mit dem Mond mittendrin.

Ein schlechter Schnappschuss, sagte sie, wie die Fotos, die sie mit zwölf Jahren zum ersten Mal in ihrem Leben gemacht hatte. Sie verrutschte ihre Aufnahmen jedes Mal und hatte immer zuviel Himmel oder die eigenen Finger vor der Linse. Nach vierundzwanzig Bildern voller überdimensionaler, unscharfer Finger ließ sie das Motivsuchen und Ablichten dann sein und reihte die Fotografie ein für allemal zu ihren Misserfolgen. Dabei hatte sie sie ehrlich gemocht.

Ich fragte Jana, was dann weiter war, und sie meinte, nicht viel.
Sie träumte eine Zeit lang, bis ihr wieder übel wurde. Weil sie keinen Kübel fand oder sonst etwas, und in die hohle Hand wollte sie nicht brechen müssen, versuchte sie ein zweites Mal auf ihr T-Shirt zu kotzen, aber es ging nicht. Sie hatte schon so viel erbrochen.

Stattdessen ging die Tür auf und die anderen kamen nachsehen, weil sie sie bis nach draußen würgen gehört hatten. Fast zur selben Zeit gingen die Lichter auf dem Schlossberg aus und Janas verrutschter Bildausschnitt vom Himmel wurde groß und dunkel bis auf den Mond.

Ob es ihr gut gehe, fragten sie, und Jana konnte ihnen beim besten Willen nichts antworten. Einer von denen, die sie vorhin ausgegriffen hatten, holte ihr eine zweite Decke und ein Glas Wasser. Dabei rauchten und aßen die andern in einem fort, was sie nur finden konnten. Trockenes Toastbrot.
Sie lachten, weil Jana so komisch aussah mit den Haaren am Boden und den Füßen irgendwo darüber, als müsste sie gebären. Ich konnte es mir vorstellen, nach ihren Erzählungen, noch bevor ich Jana selbst kennen lernte. Nicht mehr oder weniger als bei anderen Mädchen auch.

Vielleicht eine Stunde später war ihre Übelkeit so weit vergangen, dass sie sich aufrappeln und ins Bett legen konnte. Das Gesicht zum Fenster, vor dem sie kaum etwas erkannte: Ein paar Bäume womöglich, weil sie jetzt höher lag als zuvor, und die Wand vom Haus gegenüber.
Im Vorraum war es leiser geworden. Janas Freunde hatten sich in einen Teil der Wohnung zurückgezogen, wo sie essen und Musik hören konnten, ohne dabei die Nachbarn zu wecken. In die Küche wahrscheinlich, manchmal schlugen dort Türen.

Der hässliche Geruch war noch immer da. Sie schwitzte, obwohl ihr am ganzen Körper kalt war. Selbst in den Armbeugen war sie feucht. Das Bettzeug roch wie Staub. Dafür zog von Zeit zu Zeit, wenn jemand nach der Küche ging oder in den Vorraum zurück, um die Aschenreste auszuleeren, ein Luftzug unter der Tür hindurch. Sie vernahm gedämpftes Lachen und den Geruch nach Cannabis, Rauch wie verbrannter grüner Tee.

Etwas sagte sie noch zu dem Mond und dem Ausschnitt im Fenster, der wie ihre Fotos war, was mir blieb. Vom Himmel, und dass irgendwie keine Sterne draufwaren; dass sie als Kind immer versucht habe, noch lange bevor sie Fotos machte, die Sterne zu zählen wie in einem dummen Kinderlied, es fiel ihr wieder ein:
Weißt du, wie viel Sternlein stehen dort am hohen Himmelszelt?
Weißt du, wie viel Wolken gehen weithin über alle Welt?
Gott der Herr hat sie gezählet dass ihm auch nicht eines fehlet an der ganzen großen Zahl, an der ganzen großen Zahl.

Damals hatte man sie noch bloß am Kopf gestreichelt, wenn sie es sang, und die Wolken sahen aus, wie sie sich die Milchstraße vorstellte, im Dunkeln.

Sie hasste sich, glaube ich, nur noch mehr dafür.

Einmal wieder Kind sein, hatten die anderen zu ihr gesagt, als sie sich einrauchten, einmal wieder wie ein Kind unschuldig daliegen und nichts denken müssen. Das kleine dunkle Mädchen, das du einmal warst, und Jana hatte dazu geklatscht. Jetzt lag sie in ihrem eigenen offenen Haar und hustete und spuckte sich jede Viertelstunde die Kindheit über das Gesicht.

Eine Uhr schlug.
Jana stand auf und war erstaunt darüber, dass es ihr gelang. Sie tastete sich bis zur Tür und in den Vorraum hinaus, der plötzlich eiskalt war. Die Geräusche aus der Küche waren hier lauter; einzelne Stimmen, die wie Wasserpfützen auf dem Weg den Gang entlang und ins Badezimmer ausgebreitet lagen, und denen es auszuweichen galt, so gut es ging. Keiner kam.

Sie machte Licht im Badezimmer und drehte den Wasserhahn auf. Es war so laut, dass sie glaubte, das ganze Haus müsste davon aufwachen. Sie mochte den Gedanken.

Sie zog sich das bekotzte T-Shirt aus und wusch sich den Hals und das Gesicht, ohne dabei in den Spiegel zu schauen, der zugefroren über dem Waschbecken hing. Dazwischen trank sie in einem fort von der Wasserleitung, weil sie meinte, austrocknen zu müssen, und dass sie innen schon so spröde war, so staubig wie die unbezogene Bettdecke in dem fremden Zimmer.

Sie trank, sagte sie, bis sie glaubte, nicht mehr zuhalten zu können, und lachte ganz leise.

Jana lehnte mit dem Kopf gegen den Rand des Waschbeckens und überlegte, wie sie jetzt aussah. Ob ihre

Augen noch rot waren. Ob man wie bei den anderen die aufgeplatzten Äderchen darin sah, die über die Iris liefen, und ob das von nun an auf ewig so bleiben würde.
Im Kaffeehaus belächelten wir sie damals ein wenig, als sie es uns erzählte.

Auch später am Klavier lächelte ich noch.
Sie hatte die Hände von den Tasten genommen und spielte in ihrem Schoß damit herum. Als sie über das Instrument hinweg bemerkte, wie ich lachte, hob sie den Blick von ihren Noten und sah mich vielleicht zum ersten Mal tiefer an.
Sie schwieg ein bisschen dazu.
Mehr wollte sie selbst am Klavier nicht preisgeben, es war in etwa dieselbe Woche vor dem Schrei.

Vom Waschbeckenrand aus ließ sie sich leise gegen die Badezimmerwand zurückfallen, die bis zur halben Höhe blau verkachelt war. Den Rest der Geschichte kannte ich besser als sie.

Jana lag mit halb geschlossenen Augen und so wie sie war unter den blauen Kacheln, das schmutzige T-Shirt nass und aufgeweicht von ihrem linken Knie ausgehend über das gesamte zweite Bein gebreitet, bis sie einer der anderen beim Austretengehen fand. Jana war wieder so geistesabwesend wie zuvor, als man sie ins Bett getragen hatte. Sie schüttelte den Kopf auf alle Fragen, die man ihr stellte.

Was mit ihr los sei?
Ob sie zurück wolle, in das andere Zimmer?

Das bis übers Haar eingerauchte, halbnackte Mädchen im Badezimmer blieb noch lange nachdem ich es kennengelernt hatte Gespräch unter ihren Freunden. Der entrückte Gesichtsausdruck, den sie anhatte, als alle auf sie einsprachen. Wie man ihr T-Shirt in kaltes Wasser tauchte und ihr auf die Stirn legte. Jeder neuen Bekanntschaft erzählte man von der schlafenden Jana neben dem Waschbecken. Sie erzählte es am Ende selbst, soweit sie die Geschichte wusste.

Als ich mit ihr durch den Stadtpark ging, bevor wir uns zum Brunnen setzten, fragte ich sie, warum sie im Bad liegengeblieben sei. Sie meinte, sie hätte nicht mehr zurück in das Zimmer gewollt: Es sei dort so dunkel gewesen.

Die Kastanienallee im Park war immer noch vom Frühsommer überzuckert.

Während Jana antwortete, war sie schon unter einem der Kastanienbäume und suchte im Laub vom Vorjahr nach abgefallenen Blüten. Ich blieb stehen. Die diesjährigen Blüten standen noch in weißen und rosafarbenen Kerzen an den Bäumen und dachten nicht im Traum daran abzubrechen, was Jana nicht im Geringsten störte.
Sie stocherte mit den Füßen die welken Blätter beiseite, bis sie im ganzen Gesicht rot war. Ich wusste nicht ein-

mal, was sie mit den Kastanienblüten überhaupt vorhatte, es fielen ohnehin bloß die leeren Dolden ab, ausgebrannte Kerzen.

Dabei mochte ich die Art, wie Jana sprach.
Sie sagte nie etwas und blieb dabei gleichzeitig still. Sie hielt immer irgendetwas in den Händen, oder es war eine unscheinbare Geste, mit der sie jeden einfing, der ihr zuhörte und ihn mit ihren nichtssagenden Worten bezauberte. Sie trug keine Aussage in sich. Ein Mensch wie die alten Schwarz-Weißfilme, die nicht durch ihre aufpeitschende Handlung faszinierten, wegen des Geschehens, sondern aufgrund ihrer Farbe und der leisen Melancholie am Schluss, unter dem wie in Kreidehandschrift ins letzte Bild gestellten Wort *Ende*.
Nur dass in ihrem Fall irgendwann einmal der Vorführer hinter seinem Projektor eingeschlafen war und sich in Janas Film nun selbsttätig eine Sequenz nach der anderen in ihrem eigenen Tempo abspulte, manchmal rasend schnell.

Wie lange sie im Badezimmer gelegen sei, fragte ich sie.

Eine Nacht, sagte Jana.

Vom Erbrechen tat ihr der Hals so weh und war sie so müde geworden, dass sie bloß noch schlafen wollte. Aber während sie gegen die blauen Badezimmerkacheln gehockt die Augen offen zu halten versuchte, riss irgendwann das Kaleidoskop der bunten Bilder ab, das bisher

hinter ihren Lidern gewesen war und sie kam, wie sie sagte, mit offenen Fingern von ihrem Griff nach den Sternen zurück.
Während die Wirkung der Droge langsam verflog, zog sie die Knie bis vors Gesicht und schaukelte leise hin und her.

Jana war über das ganze Haar hinunter schweißnass.

Ich glaube, sie hasste sich in diesen Minuten vor dem Einschlafen mehr denn je. Sie hasste das kleine dunkle Mädchen, das über Nacht so groß geworden war und in ihrem seltsamen Spasma gefangen auf und nieder wippte, in einem fort auf und nieder, weil sie Angst hatte, sie müsste jedes Mal aufs Neue erbrechen, wenn sie aufstand.

Weil sie Angst hatte, sie müsste sich plötzlich im Spiegel sehen und noch hässlicher finden als jemals zuvor. Wie alles hässlich war.

Wie das Tonband, auf dem wir zum ersten Mal im Leben unsere eigene Stimme hören; wenn die nur mühsam aufrecht erhaltene Illusion zu unseren Gunsten darüber zusammenfällt und was übrigbleibt, bleibt hässlich. Am Anfang dachte sie noch, es sei die Stadt, vor der ihr ekelte.

Vor den Häusern ekelte ihr. Sie mochte ihnen nicht ins Gesicht sehen, sagte sie.

Die langen Fensterreihen. Die vielen Türen.

Über Torbrüche und Arkaden gelangte man in die Hinterhöfe, wo die Stadt so eng zusammenrückte, dass Jana manches Mal die Augen schloss, um nichts mehr davon zu sehen. Taubenkot auf den Gesimsen, und von Zeit zu Zeit ließ sich eine der Taubenkolonien selbst dort nieder, wo Jana gerade stand. Dann hörte sie, die Augen noch immer geschlossen, das Picken der großen Vögel auf dem Pflaster wie Schnäbel in ihrem eigenen Gesicht.

Es roch nach Staub und den nassen, kurzatmigen Treppenhäusern.
Sie hasste diesen Geruch. Er kam aus den Kellern und kopfsteinernen Gassen, er roch im Herbst anders als im Frühjahr, aber immer so, dass ihr dabei fror.

Die hohen Fassaden.
Sie trugen Leuchtschriften und Galerien langer Schaufenster, die sie vor allem gegen den Nachmittag zu mit Schwermut erfüllten, wenn sich die andere Straßenseite darin spiegelte und sich eine der Häuserfronten in der gegenüberliegenden brach.

Auf der anderen Seite. Immer noch Taubenkot.
Die riesigen gurrenden Tiere waren in einem fort um sie, farblos in den Nischen weit über ihrem Kopf.

Oder Jana stieß mit dem Fuß gegen ihre Exkremente, wo sie von der Sonne versteinert wie Stalagmiten den Gehsteig emporwuchsen. Tropfsteine.

Überall fand sie die Tauben.
Jana hasste die Tauben, und vielleicht auch mit ihnen die Stadt, in der sie nisteten; die Plätze, wo sie vögelten, brüteten und Jahr für Jahr tausende neuer großer Vögel aus ihren Löchern zogen. Die engen Schluchten hinter dem Dom, die Brüche und die Kalkterrassen entlang des Schlossbergs, die kreisrunden Straßen und die ganze Stadt an sich wie der halbverdaute und danach wieder hochgewürgte Kropfinhalt der Tiere, der in den Taubenlöchern und Dachstühlen liegen blieb.
Jana hasste die Stadt, glaube ich, eine lange Zeit zumindest. Die über und über *betäubte* Stadt, und ihr Augenzu im Häusermeer.

Als sie unter den Kastanienbäumen wühlte, hatte Jana plötzlich eines der abgefallenen Blätter in der Hand und hielt es höher über ihr Gesicht. Ein langes Blatt, das fremd war und nicht unter die welkenden Haufen entlang der Kastanienallee gehörte.

Ein vom Wind vertriebenes Blatt, das sie nicht kannte, aber sie nahm es näher zu sich und begann wie in Kindertagen damit, es zu sezieren.
Sie strich es glatt, den schmäler werdenden Schaft entlang, bis der unter der Feuchtigkeit ihrer Finger weich wurde und der Blattrücken nachgab. Das Blatt wurde geschmeidig, dann kraftlos, und schließlich hatte sie die Ränder des Stängels so weit aufgeweicht, durch die Reibungswärme, durch die stetige Bewegung, dass die feinen Hohlräume darin zerplatzten und der Stiel sich, bedeckt

vom dunklen Pflanzensaft, endgültig in ihre Hand fügte. Sie fuhr die Blattflächen ab, vorsichtig nach beiden Seiten hin und immer den Hauptästen folgend, die das Blatt links und rechts wie ein Bäumchen aufspreizten, bis auch die gefügig gemacht waren, dass sie nicht mehr fürchten musste, sie würden noch mit der nächsten Berührung zerbrechen.

Den Rest der Arbeit erledigte sie so geschickt, als hätte sie seit Tagen nichts anderes getan. Ihre Finger liefen wie von selbst. Eine Hand spielte das längliche Blatt abwechselnd in die andere, sie rieb es kurz zwischen Handfläche und Ballen, bis das Eigentliche, das Blattgrüne, sich löste und unter ihren runden Bewegungen zu kleinen Krümeln zerfiel. Wo sie schon welk war, trennte sich die Haut am schnellsten von ihrem Skelett. Ein filigranes, seltsam transparentes Netz blieb zurück, das Jana in den Wind emporhob und über das sie müde lachte. Das Netz spannte sich und flatterte zugleich lose an seinen beiden Enden. Jana nahm es wieder zwischen die Handflächen und zerrieb es in einem einzigen Schwung weiter, zu Staub. Wie Schmetterlingsflügel.

An den Nebeltagen im September hörte Jana dann auf, die Stadt länger zu hassen.
Sie trat zwar nach wie vor nach den großen Pflastersteinen oder stieß grob gegen die Rinnsteinkanten, aber all das so, dass es mehr oder weniger zufällig aussah, so als stolpere sie bloß. Sie hasste die riesigen Fassaden nicht mehr, wenn sie links und rechts von ihr auftauchten. Sie

rannte nicht mehr durch die engen Passagen hinter dem Dom und durch die Arkadenhöfe, wie sie es früher immer wollte, wenn ihr allzu viel Welt Wand wurde. Wände kamen und gingen. Sie blickte nach oben und sah den Himmel über der Stadt oder im Herbst den Nebel. Sie fürchtete sich noch vor den Tauben und davor, zur vollen Stunde am Glockenspielplatz unter das Schlagen der staubigen, aufgeschreckten Vogelschwärme zu geraten, ihre bebenden Leiber zu hunderten im Gesicht, aber sie hasste zumindest die Stadt und ihre Straßen nicht mehr deswegen.

Die Oleanderbüsche an der Küste und die Hügel mit den Lupinen darauf, am Meer.

Stattdessen hasste sie die Menschen darin, weil sie keine Gesichter hatten. Sie hatten nur Mienen, meinte Jana, die sie je nach Belieben aufsetzten und mit sich herumtrugen, bis sie nicht mehr passten und durch die nächsten ersetzt wurden. Ein Mienenspiel für die Eiligen, die mit lauten Absätzen über das Stöckelpflaster stakten, eine Miene, die höflich blieb, wenn sie *Nein Danke!* sagte, und das sagte man oft. Die passenden Züge zum Anzug.
Jana gab jeder Miene davon einen Namen; die schönen Mienen, die fröhlichen Mienen, die Schaltermienen, die Theatermienen, die traurigen Mienen, die mitleidigen, die tadelnden, die anmaßenden, die abschätzigen, die angewiderten Mienen. Die Mienen zum Vorbeigehen. Die Miene zum Anmachen. Eine Miene für jede Lebenslage, und sie wanderten irgendwann über jedes der Gesichter, die sie kannte.

Jana hasste sie alle. Die fehlenden Gesichter unter all den Mienen waren es, die sie seit sie klein war verletzten.

Du wirst noch mit einem Gesicht geboren, sagte sie, aber schon das erste Gesicht, das du selbst *zu Gesicht bekommst*, ist nur mehr Miene. Von Kindheit an wirst du verletzt. Von Geburt an hassen wir die Gesichter, die uns begegnen.

Deshalb weinen die Kinder so viel, wenn sie älter werden.

Weil sie mit einem offenen Gesicht zur Welt kommen, das sich wie ein Kokon mit jedem Jahr mehr hinter neuen, fremden Mienen verschließt.

Bis wir nicht mehr aus der Menge fallen.

Bis wir plötzlich älter sind als gestern noch, und wir liegen mit angezogenen Knien und rotgeränderten Augen im eigenen Erbrochenen, wir sind über Nacht so alt geworden.

Ein zitterndes Mädchen mit feuchtem Geschlecht.

Ein Junge, dem die eigene Erektion Schmerzen bereitet.

Von da an tragen wir alle dieselben Mienen.
Wir stehen in einem Jahrhundert, sagte Jana, das sagte zumindest der Freund mit den Zetteln vom Zimmerfußboden, das uns mehr und mehr gesichtslos macht.

Wieder zurück, zu Janas Absturz aus den Sternen:
Sie lag an die blauen Kacheln gelehnt und hörte auf das Wasserrauschen. Jana hatte den Hahn laufen lassen, hatte Krämpfe, aber die kamen nicht von der plötzlichen Kälte im Badezimmer. Sie kamen auch nicht von innen, sagte sie. Dafür hatte sie keine Angst mehr.
Vom Wasser war der Bittermandelgeschmack im Mund vergangen, vom bloßen Geräusch, das das Gurgeln über dem Abfluss machte, und sie hatte nicht mehr zurückhalten können. Sie ließ so lange alles laufen, bis sie leer war. Jana betastete sich, sie war nass bis zu den Knien.
Sie zog sich langsam aus. Sie zog ihr schweißnasses Hemdchen aus und die Hose, bis sie nackt war. Jana wollte vollkommen nackt sein oder so ähnlich, später verlachten wir sie oft deswegen.
Selbst ihre Augen waren nass. Sie hielt sie geschlossen und hörte nach dem Wasser hinauf, wie es gegen das Becken spritzte und in den Abfluss, wie es durch das lange Metallgestänge neben ihrem Gesicht lief und in die blaue Wand hinein.

Wie Eiswasser, das von unten an den Schollen kratzt.
In ihrem zugefrorenen Teich.
Jana an seinem Grund.
Zittert.

Dein Herz geht so leise.

Ach Du.

Mit geschlossenen Augen schlief sie irgendwann plötzlich ein.

* * *

Janas Schrei zu verstehen, hieß Jana selbst kennen zu lernen, weit außerhalb der allgemeinen Grenzen, tief innerhalb des dunkelhaarigen Mädchens mit dem steifen Gesicht. Es ging nur langsam, es war schwierig; es bedeutete nicht mehr und nicht weniger, als eine der rosafarbenen und fest verschlossenen Kastanienblüten aus den Stadtparkalleen aufzuschälen, um ganz in sie hineinsehen zu können. Immer ein Blütenblatt nach dem anderen abzutrennen, und dann lief man plötzlich Gefahr, dass das enge rosafarbene Gebinde mit dem letzten Blatt auseinanderbrach und in seinem Inneren leer war. Und nichts.

Es heißt, dass man einen Menschen erst dann richtig kennen lernt, wenn man mit ihm schläft.

Um einen Menschen richtig kennen lernen zu können, muss man mit ihm schlafen.

Mit Jana schlafen, um sie kennen zu lernen, selbst wenn sie sich dagegen wehrte. Am Anfang.
Man muss nur tief genug in den anderen eindringen können, um auch sein Inneres zu verstehen.

Je mehr Jana erzählte, desto näher rückten mir sie und das gewaltige Piano, das sie zwischen sich und alles, die Welt da draußen stellte. Desto klarer und unkomplizierter erschien mir die sprachscheue Klavierspielerin. Das kleine dunkle Mädchen, das sie einmal gewesen war.

Das nackte Mädchen im Badezimmer.

In dem, was sie sagte, in Janas Worten, war ich neben ihr und an den blauen Kacheln und schlief mit ihr ein und übernachtete mit ihr. Aus der Sicherheit des Schattens heraus. Während sie allein auf dem Fußboden ausgebreitet lag und Krämpfe hatte und allmählich mit dem üblichen, scheußlichen Geschmack im Mund ausnüchterte; während sie sich ohne Ende hässlich fühlte und schließlich einnickte, schlief ich zum ersten Mal mit ihr, seit ich damit begonnen hatte, sie kennen zu lernen.

Im Schatten. Hinter der Tür, wo er am dichtesten ist.

* * *

Ganz plötzlich laufen wir Amok.
Während wir noch lachen, schießen wir schon in die Menge, in eure Gesichter, die uns so verletzen. Nach Bauch und Armen, ohne Vorhang im Theater der Grausamkeit. Der fällt nicht.

Der fällt nicht.

Ihr tut mir weh, warf uns Jana im Kaffeehaus oft stellvertretend für die an den Nebentischen Sitzenden entgegen. Weil sie zu leise war, es laut zu sagen. Weil sie zu feige dazu war, es öffentlich zu tun.

Ihr und eure ausgestochenen Gesichter, über die wir lachen, sie sehen aus als wären sie vom Himmel gefallen. Man könnte sie vom Boden klauben und damit die Straßen bepflastern, ein Pflaster aus ungläubigen Larven, wie *Kopfsteine*, man müsste sich nicht mehr bücken, um danach zu treten. Der Himmel ist zu kalt für uns.

Unsere Schuhe in eurem Nacken, den Hals zu zerbrechen. Ein Schuss in den Rücken. Die Hände auf eure Schultern gebunden, und wir treten auf euch ein, ihr seid so hässlich.
Ihr seid schwanger und wir stoßen euch in die geblähten Bäuche, bis ihr wieder allein mit euch seid. Bis ihr unfruchtbar seid, bis nichts mehr in euch lebt. Dann schreit nichts mehr.
Dann bleibt alles still.
Wir misshandeln euch, bis ihr unter unseren Schlägen zu verfallen beginnt. Ein Spalt im Schädel. Ein heimlicher Riss im Gesicht, der sich immer weiter zieht. Die Lippen springen auf, die Wangen sind zerpflügt, und eine haarfeine Bruchlinie über den Augen, die sind nicht mehr als zersplittertes Glas.
Die Haut zerstiebt, bis es über dem ganzen Gesicht liegt wie das lehmfarbene Spinnennetz vertrockneter Erde. Ihr seid die Wüste, die der Wind verträgt. Ihr tut uns weh.

Dann stehen wir aufgespannt zwischen der Leere in uns und der Leere im Himmel darüber. Nichts, was uns bleibt. Wir beginnen ganz leise, wenn wir Amok laufen.

Dann war da oft nur ein stiller und verzweifelter Monolog, der immer wieder in ihr ablief, der Teil von Janas aus allen Führungsschienen gesprungenen Schwarzweißfilm war. Ich las ihn ihr aus den Augen, das las ich ihr aus den Augen:
Weil das Klavier bleibt die einzige Zuflucht, wenn so vieles andere überhand nimmt, von dem wir nichts wissen wollen. Ich will nicht wissen, wen du küsst, zum Beispiel. Es interessiert mich nicht, was du magst. Ich bin im Klavier zuhause, manchmal.
Es ist schwer, sich selbst über die Finger zu schauen wenn man spielt, man verläuft sich so schnell zwischen den Tasten und hat es irgendwann einmal nur mehr in Schwarz und Weiß vor sich, wieder nur in Schwarz und Weiß – ein Strichcode, kommt mir plötzlich, dessen chiffrierten Preis wir noch nicht kennen. Womöglich zahlen wir ihn schon längst.

Ich mag die Tasten, meinte sie dann, ihre sanfte Gegenwehr beim Anschlag, und wie sie plötzlich hängenbleiben, wenn sie die Saite berühren. Das heimliche Eigenleben, mit dem sie zurück hochfahren und die glatte, reglose Tastenreihe wieder herstellen, keine Höhen oder Tiefen. Wie windstill.
Ich mag die Kälte über den Tasten, die man zum ersten Mal berührt, und ich mag es, mir vorzustellen, die weißen Tasten seien noch immer aus Elfenbein, auf dem ich spiele. Sind sie aber nicht.

Ich mag es, dass ich mich nicht sehen muss, wenn ich spiele.

Du sitzt neben dem Klavier und denkst weit weg. Du schaust mir auf die Hände, manchmal spiegelst du dich im Lack, wenn du mir zuhörst. Ich spiele viel zu schnell; ich habe dich einmal gefragt, an was du gerade denkst. An dieser Stelle aber verschwimmt dein *Ich* mit meinem *Du*. *Du* lachst.
Dass es wieder wärmer wird und du hast Angst, du passt nicht mehr in deine alten Kleider.
Dass du willst, dass ewig Winter ist.
Ich hasse dich dafür mehr als alles andere.

Es ist kein Platz für dich im Theater der Grausamkeit.
Wir sitzen im Stadtpark und schauen der Nacht beim Dunkelwerden zu. Wie sie an den Rändern beginnt und über die Bäume wächst. Nicht langsam. Nicht laut. Und die plötzliche Stille da draußen, wie Verliebtsein.

Ich weiß noch, dass Jana leise meine Hand nahm, aber es bedeutete nichts.
Der Brunnen in der Mitte des Rondeaus. Momentaufnahmen davon: Im Sprühregen aus den kleinen Figuren rund um den Beckenrand, der im Sommer nach der Bronze der Brunnenstatuen riecht, im Herbst nach nichts Bestimmtem. Der Himmel wird dunkelblau und man merkt erst jetzt, dass überall die Lichter angegangen sind. Wenn es Nacht wird, schalten sie die Laternen an.

Auf einmal werden kleine Bewegungen groß, wie das Schaukeln in den Bäumen, oder der eigene Schatten. Man kann sich nicht mehr in die Augen schauen oder sagen, welche Farbe sie haben.
Wo die Farben enden und die Worte, die sie tragen.
Wo die Worte enden und wo ihr Leser beginnt.
Wo *du* beginnst.

Man sieht auch nichts mehr. Die Äste verschmelzen vor dem Hintergrund, der Horizont rückt näher. Das Glacis im Stillstand, weil niemand mehr Auto fährt. Das Lärmen lautet leiser von jenseits der Elisabethstraße. Was mit uns passiert, wenn es Nacht wird?
Ich weiß es nicht. Eine Zeit lang war ich damit zufrieden, die Nacht bloß für die Schattenseite des Tages zu halten.

* * *

Ich schlief damals oft mit Jana, nach diesem ersten Mal, fast drei Wochen lang bis zu dem Tag, an dem sie schrie. Dabei war jedes Mal mit ihr schlafen ein wenig anders. Sie war nicht immer nackt oder nass bis auf das Hemd. Manchmal lag sie auch einfach nur da und war so müde, dass sie sofort einschlief.
Manchmal wieder erzählte sie mir, wie sie stundenlang wach lag und an die Decke starrte, oder sie wälzte sich im Bett hin und her und meinte, dass sie sich bis zum Morgen so gebärdet hätte; ohne zu schlafen. Aber das stimmte nicht, man schläft nur ab und zu ein, ohne es später zu wissen.

Oder sie sagte, letzte Nacht.
Ich bin so müde.

Sie erzählte mir, was sie geträumt hatte. Von den Insekten.
Es war ein seltsamer Traum, sie schlief unruhig und fuhr dann plötzlich daraus hoch, wie wir es immer tun in solchen Träumen. Dann schlief ich mit ihr, im Traum.

Janas Insektentraum.

Am Tag vor ihrer Reise. Die Stadt am Mittelmeer, die du seit Kindheitstagen kennst: Piran, das du ganz leise deine kostbarste *Muschel* nennst. Die Stadt riecht nach dem Meer auf eine Weise, die du magst, vom Salzwasser zerfressen; weil sie seit Jahren unverändert steht. Umrankt von Oleander und Zypressen, und der Wind, der an die Küste weht, trägt nichts, was hässliche Erinnerungen in dir weckt: nur den Geruch nach Fisch und wieder nach dem Salz, versteckt, das an den Hafenmauern frisst; die gehen nur zum Schein so plötzlich vor dir nieder, weil du mit einem Mal kein Kind mehr bist.

Janas Insektentraum.
Jana war wieder Kind, war das kleine Mädchen mit vielleicht acht Jahren, das noch dunkelbraune Haare hatte, weil die erst später schwarz geworden waren, als sie schon fast erwachsen war.
Es war Sommer, sie stand in der staubigen Zufahrt vor dem Haus ihrer Eltern, noch bevor sie in die Stadt gezo-

gen waren. Die üblichen Geräusche des Sommers wie zwitschernde Amseln oder das Kratzen der Thujensträucher aneinander in den Hecken. Im Wind der übliche Geruch des Sommers: warmer Asphalt. Sie war klein und hatte ihren Vater irgendwo gesehen, wie er nach der Terrasse des Hauses hin verschwunden war. Auf ihrem Bein saß eine Zecke.

Jana quetschte sie ein wenig, aber sie saß fest, und einige Zeit lang machte es ihr Spaß, den flachen, ledrigen Hinterleib hochzuziehen und entgegen seiner Richtung aufzustellen, dass er wie eine Klette von ihr abstand. Er war oval und dunkel, mit einem sienaroten Punkt in der Mitte, der wie ein Höcker leicht erhöht war, und acht Beine spreizten sich davon ab. Der Kopf selbst war winzig und fest in sie verbissen.

Sie sah etwas wie einen Käfer im Spalt unter der Marmorstiege zur Haustür, das sich bewegte und sich wieder zurückzog. Zwei gezackte Beine standen daraus hervor, und haarfeine Fühler.

Während sie das lauernde Insekt dahinter noch zu erkennen versuchte, wuchs die Zecke auf ihrem Bein plötzlich an. Der Hinterleib quoll auf, bis er so groß war wie ihr Daumennagel, ein hässlicher weicher Ballon, der sich immer weiter aufblähte und vor dem ihr entsetzlich ekelte. Sie zog daran, aber die Zecke saß fest, sie bog und formte sich nach ihren Fingern, wo sie sie zusammendrückte. Sie ging nicht ab.

Sie spürte ein Kribbeln auf den Zehen und das Scharren eines starren Panzers, das über ihren Fuß kroch, dann sah sie den Käfer, wie er groß wie ihr Handteller und violett irisierend im Kreis um ihre Beine rannte. Sie schaute nach dem Spalt unter der Stiege und dort, im Schatten, stierten die nächsten Beine und Fühler hervor. Sie konnte die konisch zulaufenden, metallschwarzen Glieder der Käferbeine erkennen und wie behaart sie an ihrem Ende waren. Eine Prozession großer schwarzer Käfer floss unter dem geborstenen Marmor hervor.

Jana zerrte an der Zecke, bis sie ihr den Körper vom Kopf riss. Die Zecke zerbrach genau hinter dem sienaroten Höcker, und sie schleuderte sie wie eine schwarze, vollgesogene Erbse auf die Straße. Der Kopf blieb in ihr stecken.
Dann sprang sie auf die Käfer. Es war ein hässliches Geräusch, wenn die Panzer zersplitterten. Jana war barfuss. Sie spürte, wie die Käfer auf dem Asphalt zerplatzten und wie sich das Chitinskelett jedes einzelnen Insekts unter ihrem Gewicht, mit der harten Straße darunter, in dessen eigenen weichen Leib bohrte. Die langen Beine rannten danach noch eine Zeit lang von alleine weiter, ihr wurde übel, als sie die Bewegung auf den nackten Sohlen fühlte. Ein hässliches Massaker aus hin und her rasenden Tieren, schlagenden Fühlern, ausgeronnenen fetten Käferkörpern und dem farblosen Blut der Insekten zwischen ihren Zehen.
Dabei zirpten die Käfer wie wild, es wurden immer mehr unter dem Riss in der Stiege, und sie krachten wie zertretene Schneckenhäuser, wenn Jana sie mit den Füßen zerquetschte.

Sie schrie, aber keiner kam, um ihr zu helfen. Ihr ekelte ohne Ende. Sie war krank vor Angst, sie war infiziert von den Splittern der Käfer in ihrer Haut und von der Zecke, die immer noch in ihrem Oberschenkel saß und saugte, obwohl sie schon längst zertreten war. Die Käfer schrien auch.

Dann kamen plötzlich die Vögel, als sie die Augen schloss, und pickten die Reste des Massakers auf. Mehr wusste sie nicht.
Große schwarze Vögel, die mit lautem Geschrei über den Asphalt stolzierten, noch lauter als die Käfer, und die die ausgelaufenen Leiber mit ihren Schnäbeln aufhackten und die noch zuckenden Kadaver ganz hinunterschluckten. Wo die Käfer sich wehrten und mit ihren Scheren nach den Vögeln zwickten, strichen sie sie aus dem Gefieder, wirbelten Staub und lose Daunen auf, und dazwischen stand eine Wolke stumpf schillernder Insektenflügel.

Jana fürchtete sich vor den Vögeln, seit sie ganz klein war, vor ihrem trägen Gehopse und den beständig auffliegenden Schatten, die um ihren Kopf flatterten. Wenn sie sich brüsteten, wenn sie hoch aufgerichtet die Flügel vom Körper abspreizten und mit ihren Schnäbeln nach ihr gierten, waren sie fast halb so groß wie Jana selbst, und schwarz. Sie stanken nach Kot und nach all dem Staub, der sich zwischen ihren Federn angesammelt hatte. Ihr ekelte vor dem Vogelschwarm genauso wie zuvor vor den Käfern.

Den letzten davon zerrissen die Vögel in einem Stück. Sie stürzten sich gemeinsam auf das Tier, zerrten an allen Ecken und Enden seines Panzers, ein widerliches, flügelschlagendes Knäuel, bis das Insekt mit einem Ruck zerplatzte und das Weiche in seinem Inneren zum Vorschein kam. Jana stand daneben und kreischte hysterisch, zusammen mit den Vögeln, in einer Wolke stumpf schillernder Insektenflügel, die sich nur langsam wieder legte. Wie grüner Regen.

Dann jedoch, in manchen Nächten, träumte Jana auch gar nichts. Sie war von einer seltsamen Unruhe erfasst, mit der sie bereits auf den Abend gewartet hatte, seit sie aufgestanden war. Aufs Schlafengehen oder aufs Wachbleiben, sie war sich nie sicher.
Sie lugte stundenlang durch die heruntergelassenen Jalousien auf die Straße hinaus in der bangen Erwartung, dass es bald Nacht würde. Dass bald das erste Dämmern von Süden, von der Herz-Jesu-Kirche her über die Stadt kam und dass die Menschen da draußen sich schlafen legten. In ihre kleinen Zimmer.

Noch gingen sie unter ihrem Fenster vorbei; die anderen, die Menschen da draußen, in den Spalten der hochgeklappten Lichtblenden, ohne Jana zu sehen. Ohne sie zu bemerken, mit den üblichen Gesprächen und dem üblichen Lärm, bis der immer weniger wurde. Und Jana sah ihnen dabei zu.

Sie wussten nichts von dem Mädchen in den Stockwerken über ihnen, hinter den blickdicht gemachten französischen Scheiben. Sie wussten nichts von all dem.

Ich sah das alles aus der Sicherheit der Schatten heraus. Hinter der Tür.

Jana wartete so, bis es zehn oder elf Uhr war, bis die Straße orangefarben durch die Jalousien in ihr Zimmer leuchtete, von den Reflexionen der auf Durchfahrt geschalteten Ampeln unten über dem Asphalt. Keiner war mehr unterwegs.
Dann begann sie mit ihrer stummen Wanderung durch alle drei Zimmer ihrer Wohnung.

Piran erneut: Weil es dir gefällt. Weil es so klein ist und verschlafen, die schlanken Häuser rahmen eine Welt der Überschaubarkeit. Kein Sonnenuntergang im Hafen, kein Abend, denn selbst in den engsten Gassen bleibt, wer alleine ist, verlassen.

Da war das eine, ihr eigenes Zimmer, mit ihrem Bett darin und einem kleinen Schreibtisch und einem Sessel dazu. Ein paar Bücher lagen darauf, in die sie noch nie eingesehen hatte, weil sie für ihr Studium bestimmt waren.
Nur einmal hatte sie kurz, beim Blättern, ein Gedicht darin gefunden, das ihr gefallen hatte. Es war einer romantischen Poesiesammlung entnommen, und sie vergaß im Weiterlesen die Seite, wo es gestanden war, und war enttäuscht vom Rest der Gedichte und darüber, dass

sie deswegen auch dieses eine verloren hatte. Aus ihrer Enttäuschung heraus versuchte sie nie wieder, es zu finden.

Das Fenster war verschlossen und die Jalousie davor war heruntergelassen. So hielt sie es immer mit der Jalousie, auch während sie auf die Nacht wartete, weil das ihr Schlafzimmer war, und sie sagte, sie sei der Meinung, ein Schlafzimmer müsse immer etwas Dunkles an sich haben. Ein Schlafzimmer dürfe nicht luftig sein, oder gar noch mit offenem Fenster. Sonst könnte ihr jeder beim Schlafen zusehen.

Die Luft war abgestanden. Jana staubte fast nie ab, der Staub lag vor allem in den Ecken fingerdick und jetzt, wo es dunkel war und nur durch die schräggelegten Blenden das Straßenlicht hereinfiel, sah sie ihn wie durch Gitterstäbe tanzen. Im Zimmer war es leise, einzig ihre Füße knautschten alle paar Mal den Teppich. Sie sagte einmal, das sei ein *anheimelndes Geräusch*.

Eine Sirene aus der Stadtmitte.

Das Motorbrummen auf der Straße, das am Abend, wenn es abnimmt, ein wenig wie das Meer klingt. Anbrandet. Verebbt.

Die Reise wieder. Deine Stadt am Meer, an die du manchmal vor dem Schlafengehen denkst. Der Hafen riecht vom warmen Teer. Bunte Boote, und du drängst dich zwischen

Häuser und Arkaden und stolperst, plötzlich, durch Ruinen. Ganz leise nur mehr schwirrt in ihnen, verirrt aus Kiefern und Lupinen, das zarte Zirpen der Zikaden.
Man geht nicht außer Haus so lang die Sonne scheint, du spielst von gestern noch mit dem Gedanken an den Regen, und dass es seltsam ist, hast du gemeint, auf dunklen Landungsstegen im Meer zu stehen und zu warten, dass die Flut dir an die Füße fasst. Und weiter irgendwo im Glast, hinter dem Oleandergarten, liegt die *Asphaltstadt*, die du hasst.

Die Vögel darin. Ich hasse dich. Du bist hässlich.

Jana hatte immer ein Summen in den Ohren auf dem Weg durch ihre drei Zimmer, wenn sie die Luft anhielt. Mein leeres Haus, wie sie es nannte. In meinem großen leeren Haus.

Jana hatte eine Küche mit einem Waschbecken, das sie zu Mittag als Spüle benutzte. Sie mochte den Raum weder am Tag noch in der Nacht, weil er ihr zu eng vorkam und weil sie das kalte Email der Armaturen nicht mochte. Sie fand, dass es in der Küche entweder sauer roch oder unangenehm nach jenen Altbauwohnungen, mit Bassena am Gang und unschuldig geblümtem Fliesenboden, wie sie sie vom Erzählen her kannte. Und von der Universität.
Sie warf stets nur einen kurzen Blick in ihre Küche, im Vorbeigehen auf ihrer Runde. Es war ihr zweites Zimmer, aber bereits der Linoleumboden darin, den sie auf den bloßen Füßen spürte, ekelte sie wieder zurück hinaus.

Es gab auch noch eine Tapete in der Küche, die bis zur halben Höhe der Wand hinaufreichte, mit allerlei Blumenmotiven und Miniaturabbildungen von Küchengeräten im Karo darauf, die sie hässlich fand. Zum Glück sah sie nicht alles davon im Dunkeln.

Der Gang mit den schmalen Plüschteppichen, das Badezimmer, das alles waren Räume, die Jana zwar bemerkte, aber sie waren zu klein für die Notiznahme darüber hinaus. Die ganze Wohnung war klein. Diese anderen Räume galten nicht in ihrer Rechnung. Jana zählte sie nicht als Zimmer.

Dafür war das dritte Zimmer das größte überhaupt. Es war im Quadrat angelegt mit einem Bücherregal an der Wand, einem harten Sofasessel und einem etwas zu niedrig ausgefallenen Teetischchen darin. Bei Bedarf stand noch ein zweiter, hölzerner Stuhl bereit, der sich im Äußeren mit dem Rest der Einrichtung stieß und den Jana für gewöhnlich nur dazu benutzte, um ihre Graslilien etwas näher an das Fenster zu stellen.
In der hinteren linken Ecke aber stand Janas Klavier, mit der Tastatur zur Wand, so dass der Korpus jedem Eintretenden unwillkürlich als schwarzlackierte, hüfthohe Festung entgegenragte. Er glänzte im Dunkeln.

In der Nacht strich Jana zärtlich mit den Fingern über den Klavierdeckel und empfand die ungewohnte, die unvollständige Stille um sie herum als ein wächsernes Gefühl im Bauch. Hier waren die Jalousien hochgezogen und das orangefarbene Licht fiel in voller Stärke herein. Jana sah ihre eigene Reflexion im Lack. Sie sah ein wenig blass aus und seltsam ungeschminkt.

Dann setzte sie sich manchmal an das Instrument, klappte den Deckel hoch und legte die Finger auf die Tasten, die auch orangefarben strahlten, ohne sie niederzudrücken. Sie bewegte die Finger, ließ sie von links nach rechts laufen, eine parallel geführte Tonleiter, doch ohne einen einzigen Ton zu provozieren.
Dabei schloss sie die Augen und stellte sich das kleine dunkle Mädchen vor, wie es allein in einem Konzertsaal auf der Bühne stand und vor einem staunenden Publikum Akkorde aus dem Klavier schlug, wie sie noch keiner zuvor gehört hatte. Mit eleganten Linien in der Rechten, mit einem Bass, der noch über die johlende Menge hinaus schrie. Eine kleine Nachtmusik der leisen Herzen.

Stattdessen blieben ihre Finger plump und ungelenk, das Instrument blieb stumm. Weil es verboten war, in der Nacht zu lärmen.

Eine groteske Szene wie aus einem unsynchronisiert liegengebliebenen Film: Ein Mädchen, das von hinten aus dem Fenster beleuchtet und als viel zu kleine Kontur in schwarzweiß hinter dem mächtigen Instrument saß. Das mit den Händen auf die Tastatur einschlug, das Symphonien im Kopf hörte und sich zur Musik wiegte, und kein Laut war zu vernehmen. Eine gespenstisch stille Szene. Ein bloßes Schattenspiel auf dem Klavier, das Jana in manchen Nächten bestritt.

Hin und wieder, wenn ihr die drei Zimmer nicht ausreichten und sie immer noch wach war, dehnte sie ihre Spaziergänge auch auf den Rest des Hauses aus. Sie schloss dann leise die Wohnungstür hinter sich und stand im Treppenhaus, das zu jeder Tageszeit kalt war, ohne Licht darin anzumachen.

Es gab ein seltsames Echo im Treppenhaus.

Sie tastete sich durch das Dunkel von einem der orangeleuchtenden Lichtschalter zum nächsten, orangefarben wie die Ampeln unten in der Straße. Mittlerweile kannte sie längst den Weg. Sie genoss die heimlichen Geräusche im Haus. All das fremde Leben hinter den fremden Türen, das gelegentlich bis zu ihr nach draußen drang. Wenn ihr dann irgend jemand auf den Stiegen begegnete, wie er gerade nach Hause kam, sprach sie kein Wort mit ihm.

* * *

Manchmal schlief ich auch nicht alleine mit Jana.
Es gab Personen, von denen sie mir erzählte.
Mit denen sie dann schlief.

Janas Großmutter zum Beispiel war eine saubere Frau. Beim Essen breitete sie sich die Serviette über den Schoß und wischte die Trinkspuren vom Weinglas. Sie trug zum Auf-die-Straße-Gehen einen Stock und einen Mantel aus Hasenfell, den ihr ihr Mann zum Hochzeitstag aus Japan mitgebracht hatte. Sie zog ein ernstes Gesicht beim Fotografieren und lächelte erst in letzter Zeit ein wenig, sie war in Deutschland und vor dem Krieg geboren. In Deutschland.

Janas Großmutter war sehr ordentlich. Sie mochte es etwa nicht, wenn sich Jana die Haare nicht kämmte oder zum Fortgehen die Augen schwarz nachzog. Sie hatte auch den Wirbel nie verstanden, den das kleine dunkle Mädchen um ihr Klavierspiel machte, als es plötzlich groß wurde, und die seltsame Leidenschaft, mit der sie sich oft hinter das Instrument zurückzog, es aber bloß streichelte oder anstarrte und nicht darauf übte. Was Jana jedoch spielte, wenn sie dann doch einmal spielte, klang klobig, und wenn sie manches Mal für Stunden und in einem fort bloß dieselbe kurze Melodie wiederholte, kam die Großmutter zu ihr ins Zimmer, setzte sich zu ihr ans Klavier und bat sie, damit aufzuhören.

Sie hatte ein eigenes Zimmer im Haus von Janas Eltern, das sie so rein hielt, wie es ihr Alter zuließ und das nur durch eine dünne Wand von den anderen Schlafzimmern abgetrennt war. Jana ging manchmal daran vorbei, weil sie schon seit sie klein war ihrer sonderbaren Somnambulanz anhing, und manchmal hörte sie Geräusche aus dem Inneren dieses Zimmers.

Janas Großmutter schrie im Schlaf.

Sie wälzte sich im Bett hin und her und schlug wie spastisch mit den Armen um sich. Dabei hatte sich ihr Haarnetz gelöst und der sonst so strenge Knoten an ihrem Hinterkopf war aufgegangen und wirr, ohne die Eleganz, mit

der die Großmutter beim Schlafengehen zuvor noch das hellblaue Nachthemd übergezogen und die letzten Falten auf dem Leintuch ausgestrichen hatte. Auch die Kissen waren verrutscht.
Jana fand sie hässlich so, und sie erinnerte sich, dass sie sich eine Zeit lang vor der schreienden und schlagenden Großmutter gefürchtet hatte.

Diese saß am nächsten Tag wieder zierlich mit einer Tasse Tee beim Frühstück, wo sie die porzellanene Schale mit zwei Fingern hielt und die andere Hand schicklich auf den Schoß legte. Ihr Haar war gekämmt und zu einem festen Knoten zusammengesteckt.

Jede Nacht aufs Neue hatte die Großmutter das Bild des mächtigen Soldaten vor sich, der in Deutschland einmarschierte und der sie dort im Frühjahr vergewaltigt hatte, noch bevor der Krieg in Deutschland zu Ende war. Der ihr das Haar aufriss und sie in einer fremden Sprache beschimpfte, während er sie vögelte. Seine grobe Hand in ihrem Schoß, die ihr so fürchterlich wehtat. Er schlug ihr ins Gesicht, weil sie schrie, daraus lernte sie fürs Leben und hielt still, und auch viel später, als sie längst keine Schmerzen mehr hatte, schwieg sie darüber. Man schreit nicht.
Man hält den Mund bei Tisch.
Nur wenn sie schlief, vergaß sie das.

Als Jana achtzehn war, bekam die Großmutter einen Schlaganfall und das nächtliche Schreien hörte endlich

auf. Sie war fast bis zur Hälfte gelähmt und konnte, anstatt zu sprechen, bloß noch brabbeln. Dabei steckte sie die Zunge in einem fort in den linken Mundwinkel und zitterte epileptisch. Es sah sehr komisch aus. Keiner konnte mehr verstehen, was sie sagte. Der Schlaganfall dämpfte damit zwar ein für allemal die Schreierei aus, nicht aber das Gespenst in ihrem Kopf.
Dafür war es jetzt ruhig hinter der Tür zu ihrem Zimmer.

Mit dem Gedanken an ihre Großmutter hatte sich Jana einmal selbst dabei zugesehen, wie sie alterte. Wir altern viel zu schnell, fand sie.
Wir verfallen.

Wir verrotten noch während wir leben, und die Fäulnis stößt uns jeden Morgen bitter aus dem Mund auf. Wir verwesen.

Sie stand vor dem Spiegel und schaute in die Falten, die gestern noch nicht da waren. Ihre Mundwinkel hingen herunter und der Hals wurde ihr schlaff. Alles, Hals, Wangen, Kinn, verrutschte zu einer einzigen Einheit hässlichen, haltlos gewordenen Gewebes, das sie zwischen die Finger nehmen und auffalten konnte. Das ganze Gesicht aufgeschwemmt. Wir trinken zuviel.

Wir leben nie für uns alleine. Auch du nicht.

Ich habe einmal gewartet, dass du kommst – ja, *du* – und es hat dazwischen zu regnen angefangen. Ich habe versucht, nicht nass zu werden. Es ging nicht.

Du tust mir weh.
Georg, sagst du plötzlich zu mir, und: Ich habe darauf vergessen. Ich war zu müde.

Ich habe auf dich gewartet. Eine Stunde lang habe ich versucht, den Regen für dich zu fangen.

* * *

Ein andermal schlief ich mit Jana und es war nur ganz kurz.
Sie erzählte, wie sie am Tag der Urlaubsreise nach Piran mit ihrem Auto die Straße entlangfuhr, es war helllichter Tag und es regnete. Sie saß im Auto und sah die Straße auf sich zukommen, den durchbrochenen Mittelstreifen immer schneller und schneller, ein bis zur Unleserlichkeit beschleunigtes Morsealphabet.
Die Landschaft draußen war grün, es waren Felder, und sie sah ihre Reflexion in der Windschutzscheibe und die Wasserschleier, die ihr die entgegenkommenden Fahrzeuge in die Fenster spritzten. Jana stieg aufs Gas, ohne darüber nachzudenken. Sie schloss die Augen und hatte plötzlich diesen Traum, dass sie einschlafen könnte.

Sekundenschlaf.

Sekundenschlaf. Auf der Straße war lauter Wasser.
Es war nass. Die Ausfahrt kam immer näher, und während sie noch schlief, fuhr Jana immer weiter geradeaus. Das Auto schwamm auf, sie schlief, und sie versäumte die

Kurve zur Ausfahrt, schlug durch die Leitplanken und in die Böschung dahinter.
Vielleicht war da auch eine Brücke.
Und plötzlich, während der Wagen sich noch überschlug, war da nichts mehr. Aus.

Jana wachte auf, bevor sie die Ausfahrt erreichte. Sie bremste, und als der Wagen hielt, schloss sie die Augen und klammerte sich weinend und verzweifelt an dem Lenkrad fest, ein einzelnes, stehen gebliebenes Auto am Ende der Straße.

Wir bekommen nicht viele solcher Chancen in unserm Leben. Uns bleibt kaum Zeit dazu.
Wie traurig kann ein Mensch werden, als Traurigstes, habe ich Jana einmal gefragt. Sie spielte bloß einen Akkord dazu, am Klavier.

Am Meer ist alles anders, sagst du. Es ist gleich. Was sollte sich am Meer auch ändern? Du bleibst hässlich, Jana, viel zu bleich unter Mascara-Augen und Kajalstifträndern. Es zahlt sich nicht groß aus, dass man dahinter sieht. Auf deiner Reise: Was hast du geträumt? Und was gedacht, dass dann mit dir geschieht? Das Meer ist lautlos in der Nacht, selbst wenn es schäumt. Es riecht nach Fisch und angespülten Muscheln, die hoffnungslos gestrandet sind, genau wie du.
Sogar im Urlaub schaust du nur den andern zu, wie sie sich kennen lernen, küssen, kuscheln. Es ist dabei nicht anders als sonst immer: Von den Balkonen sieht man

heimlich in die Zimmer, die dir verschlossen bleiben, Jana, tut's auch weh.
Man zieht sich aus und geht gemeinsam baden. Und die See: Um Mitternacht ist sie zerwühlt, im Schwimmen. Wie das Gezirpe der Zikaden hörst du – allein am Festland – ihre Stimmen.

* * *

Der Tag, an dem ich Jana zum ersten Mal kennenlernte, unterschied sich durch nichts von allen anderen Tagen, außer dass er vorlesungsfrei war. Es war vielleicht zwei Monate vor ihrem seltsamen Ausbruch. Wenige Wochen vor dem Schrei am Piano.

Vor den Hörsälen sah ich sie zum ersten Mal.
Sie stand an der Anschlagtafel des Germanistikinstituts, leicht vornüber gebeugt und mit einer schwarzen Weichplastiktasche, die sie sich unter den Arm geklemmt hatte. Es war neun Uhr dreißig am Vormittag. Ich wusste das, weil an diesem Tag die Vorlesung entfiel, die exakt um diese Zeit beginnen hätte sollen.
Sie starrte reglos auf das Kleingedruckte im Schaukasten.

Erst später erzählte sie mir, dass es überhaupt nicht die Aushänge dort gewesen waren, die sie so fasziniert hatten, sondern das plötzliche Auftauchen ihrer eigenen Reflexion vor sich im Glas der Schiebekästen. Sie war überrascht darüber, so unvermittelt ihrem eigenen Spiegelbild zu begegnen, und das allein starrte sie an. Als ich an ihr vorbeiging, zerstörte ich es einen Moment lang und

sie hielt mich mit der Hand zurück. Ich fand, dass sie hässlich war.
Sie trug Schminke. Sie kannte mich nicht.

Vom Schatten hinter der Tür.

Während sie mich festhielt, schob sie ihre Weichplastiktasche zur Seite. Was ich da mache, fragte sie mich.
Etwas an ihr war auffällig: Sie wirkte so lächerlich. Sonderbar unwirklich vor der großen Anschlagtafel. Ich las ihren Namen, der auf einem Anhänger an der schwarzen Weichplastiktasche hing, und ihre Adresse. Sie wohnte ganz in der Nähe, aber ihr Name war eigenartig. Ich las gerade ein Buch, dessen Hauptfigur genauso hieß.
Jana.
Sie war eine dieser Einmalbekanntschaften. Darum traf ich sie auch wieder.

Wenn wir mit ihren Freunden im Kaffeehaus saßen, was wir oft taten, gleich hinter dem Germanistikinstitut an der Ecke zur Heinrichstraße, sahen wir manchmal, wie schnell es draußen dunkel wurde, weil es Herbst war. Jeden Tag eine neue, eine andere Gesellschaft, die wir in ihren Gesprächen an den Nebentischen belauschten.
Dort spricht man ja nicht, einfach so.
Man studiert nun schließlich.
Man ist seit dem Zeitpunkt der Immatrikulation offiziell intellektuell oder zumindest anderweitig erfolgreich, was am Ende kurioserweise immer dasselbe Bild von Mensch zeichnet: groß, sauber, mit hennaroten Haaren. Letztere kommen vom Andersdenken.

Man denkt schließlich anders.

Jana saß selbstverloren unter all der Schminke in ihrem Gesicht neben mir und lachte, wenn ihr Freund, der Freund mit den Zetteln vom Zimmerfußboden, zu ihr sagte, dass sie hässlich sei. Wirklich hässlich.
Dass auch sie kein Gesicht habe, kein bestimmtes zumindest. Nur eine auswahlbeschränkte Lidschattenpalette von Mienen.
Das ist eben so, sagte sie. Das sei im Übrigen dasselbe Gesicht, das alle anderen auch hätten.

Und jeden Tag aufs Neue.
Wir stehen auf.
Wir waschen uns, aber nicht gründlich.
Wir ziehen uns an und suchen mitunter minutenlang nach Parfum und Deostift, weil wir sie brauchen, damit keiner merkt, wie sehr wir immer noch von gestern nacht zwischen den Beinen riechen.
Der Morgen, so Janas Freund, sei die einzige Zeit vom Tag, zu der wir uns beim Betrachten im Spiegel nicht lächerlich fühlen dürften. Wäre es so, wir müssten uns augenblicklich wieder schlafen legen und alle Widerwärtigkeit unseres Seins würde an uns vorübergehen: Das Hören der eigenen Stimme, der Klang der eigenen Schritte am Weg durch die Aula, die schmierigen Haare, von denen wir glauben, dass nur wir wirklich wissen, wie schmierig sie sind.
Die eigene Hässlichkeit als der tägliche Affront im Spiegel nach dem Aufstehen, und nichts Schönes sei daran.

Vielleicht bist du deshalb so nichtssagend, Jana, weil du in Wahrheit immer nur schlafen solltest, und schlafen. Das ist so.

Wenn ich sie besuchen kam, saß sie meistens am Klavier, aber sie spielte nicht. Sie hielt die Hände gegen die Schläfen gepresst, mit abgespreiztem Zeigefinger, und meinte: die Noten. Es sei ein wunderbares Stück, aber sie könne es nicht spielen. Vielleicht könnte sie es irgendwann einmal spielen, eines Tages, wenn ihr das Notenlesen nicht mehr so schwer falle, aber bis dahin würde sie wohl keinen einzigen Ton davon herausbringen.
Ob ich den Komponisten kenne, fragte sie und ich schüttelte den Kopf. Ich kannte keine Komponisten. Der Großteil von ihnen war wahrscheinlich unbekannt.

Sich jetzt ... sich *weg zu nehmen* eben, wie der Großteil dieser unbekannten Komponisten es mit Sicherheit getan habe, nicht nur unbekannt, sondern auch noch vollkommen unbeachtet ... meinte sie manchmal, und weiter: Ich denke, ich hätte nichts dagegen.
Es würde mich nicht kränken, auch wenn es ein wenig kalt wäre; es wird einem immer ein bisschen kalt dabei, nach dem, was man sagt.

Ihr Freund lachte dann. Hart.

Es sei dumm, was sie rede, und Jana entgegnete, dass nicht sie es sei, die das sage. Es sei die Diktion des Jahrhunderts, meinte sie, so habe sie andere darüber sprechen gehört. Alle Leute in diesem Jahrhundert – und auch in dem davor – hätten irgendwann auf die eine oder andere Weise Hand an sich selbst gelegt, das könne man nachverfolgen, von den Anfängen bis zu uns herauf.

Das ist, weil ihr so gesichtslos seid, sagte er. Es sei nicht einmal schwer, sich heutzutage wegzunehmen, weil man nicht mehr die Angst haben müsse, sein *Gesicht deswegen zu verlieren.*

Es ist auch ein dummes Jahrhundert, irgendwie.

Manchmal fiel Jana dann das Mädchen Marianne ein, wenn sie das Gelächter ihres Freundes mit den Zetteln vom Zimmerfußboden allzu nahe auf der Haut spürte. Wenn ihr danach war, ihm nicht länger zusehen zu müssen, wie er das Maul aufriss und sich über sie ausließ. Die hatte sich mit dem Gesicht nach unten in einen Bach gelegt und so lange gewartet, bis sie ertrank.
Jana hatte sie von der Schule her gekannt. Mit fünf Jahren war Marianne hübsch und niedlich gewesen, sie hatte hellbraunes, gelocktes Haar, das sie stets mit einem roten Haarband zusammenhielt und um dessentwegen Jana eifersüchtig auf sie gewesen war, weil es nach Samt glänzte. Marianne lachte viel und ihre Eltern waren so stolz auf sie, weil sie beim Herumlaufen draußen in der Straße immer ein wenig aussah wie frisch gefallener Schnee.
Mit fünfzehn kam sie an einem Donnerstag im April nicht mehr von der Schule nach Hause zurück, sie war auch nie

dort gewesen. Marianne hatte klammheimlich die Schlaftabletten ihrer Großtante gestohlen und alle genommen bis auf eine, bevor sie sich, wie sie war, in das kalte Wasser legte. Sie hinterließ nicht einmal einen Brief und ließ alle Fragen offen stehen und antwortete nicht mehr darauf. Die schlief sich zu Tode.

Dafür kam sie in die Zeitung.
Man fahndete im gesamten Umkreis der Stadt nach ihr, man ließ ihren Namen verlauten und die Beschreibung ihres Pullovers, die immer dieselbe war: hellblau mit grauen und dunkelblauen Querstreifen.

Die Kinder fanden sie drei Tage später beim Spielen, als sie schon ganz steif war, doch sie verweste noch nicht, weil das Wasser kalt genug war, um sie bloß in der Totenstarre zu halten. Man zog sie aus dem Bach; man musste sie obduzieren, sie identifizieren, ihr den Totenschein ausstellen und sie bestmöglich bald begraben.
Dabei fand man, dass sie auf der Unterseite lauter dunkle Flecken hatte, über ihren ganzen Bauch verteilt, vereinzelt sogar ein paar auf der Stirne. Das war von den Kieselsteinen im Bachbett, auf denen sie so lange gelegen hatte, die hatten sich tief in das tote Mädchen hineingedrückt. Überhaupt sah sie nicht schön aus: Die Unschuld, der frischgefallene Schnee, war ihren weit aufgerissenen Augen gewichen und ihr Haar war mit dem Bachwasser vollgesogen. Zwischen dem letzten Eis des Frühjahrs sah sie aufgeschwemmt und seltsam ausdruckslos im Gesicht aus, das war verloren. Das musste ihr der Bach während

der drei Tage, die sie darin getrieben hatte, fein säuberlich abgetragen haben. Dein leises Herz.

Ich habe mich einmal gefragt, wann ich dich zum ersten Mal verloren habe. Jana: *Dich.*
Mit den ersten Worten vielleicht schon, mit den ersten Gesten, die ungeschickt waren und unbeholfen?

Das Klavier, das zwischen uns lag wie der schlafende See draußen am Ende der Stadt, das uns beide spiegelte, zur selben Zeit und kaum zu weit voneinander entfernt, sich die Hand zu halten, weil du ganz nahe neben mir sitzt, und weil es schwarz ist und makellos.
Unser Schweigen wie Schilf, das darüber wächst, oder das Eis. Wir haben uns nichts mehr zu sagen.

Du kennst mich nicht, sagst du zu mir. Und:
Du wirst nie begreifen, wie ich fühle, weit weg von dir und deinem Flügelflattern und hinter dem Klavier.

Du nimmst die alte Fotografie von mir aus dem Rahmen. Die Bilder anderer folgen dem meinigen nach, neue. Einmal hab ich es dir ganz leise gesagt, wie Altweibersommer; dass ich in der Sicherheit der Schatten mit dir schlafe, hinter deiner Tür.

Vielleicht wäre ich gerne einmal wie du gewesen, nur um des Wissens willen und nur deshalb, um zu verstehen, wie es sich anfühlt wenn ich aufwache und wie du bin.
Wenn ich mich wasche wie du, an denselben Stellen wie du, und deine alt gewordenen Kleider auftrage. Wenn ich

dich im Spiegel sehe und an den Beinen rasiere, die jetzt meine sind, wenn ich deine meine Finger spüre. Was du sagen würdest, wenn ich dir auf der Straße begegnete.
Ich stecke mir die Haare hoch und den Busen, der nicht zu mir gehört, ich habe deine Lippen, die male ich rot an. Mit Puder im Gesicht und mit Wimperntusche, aber das Wichtigste sind wahrscheinlich die Augen: Ich ziehe sie nach, ihre Form, ihre Konturen, vielleicht dass ich dann die Welt aus deinen Augen auch mit deinen Augen sehen kann. Und deine Angst womöglich, vor den Vögeln.

Zu Anfang eines neuen Jahrhunderts, im Kaffeehaus, bleiben zumindest die Parolen dieselben wie davor, außer dass es nun das Studentische ist, *die Intelligenz*, die sich selbst im Blöken übt, im Nachblöken der Vergangenheit. Die ihr Dasein, so der Freund mit den Zetteln vom Zimmerfußboden, ja in der ständigen Vergegenwärtigung von bereits Geschehenem hätte, in der künstlichen Beatmung längst vertaner Zitate und Sprüche, aber jahrelang Erbrochenes schmecke eben auch nicht besser, vor allem, wenn man es auch im eigenen Leib nicht zu verdauen imstande wäre. Die Universität sei heute, ihn selber eingeschlossen, nicht mehr als die letzte Möglichkeit für die ehemals hässlichen Schüler, sich nach dem Erwachsenwerden auch einen geringen Anteil vom Guten, Wahren und insbesondere vom Schönen zu sichern.

Wer aber sagt uns, metaphorisch, was wir erbrechen dürfen und was nicht?
Wer will uns das Schreien verbieten?

Und das Schreiben? Was mir Ästhetik ist, ist nicht mit Sicherheit die deine, und was du hören willst, werde ich dir nicht sagen. Mit Sicherheit nicht.
Ihr alle seid hässlich, das ist die Lautung unseres Jahrhunderts: die Hässlichkeit. An der Wende zum nächsten haben wir uns selbst erschaffen als eine Generation der Grausamkeiten zueinander. Die grausame Generation.

Ich freue mich schon darauf.

Was werden wir uns diesmal auf die Fahnen schreiben?
Männlichkeit mit Sicherheit oder *Stärke*.
Härte.
Effizienz. Wirtschaftlichkeit.
Durchhaltevermögen.

Erfolg auf jeden Fall, weil du dir da nichts daraus machen darfst und alles zu schaffen gelacht wäre wegen einer solchen Sache gleich die Flinte ins Korn zu werfen und nie aufhören nie ohne den Indianer kennen keine Schmerzen und man muss manchmal hart durchgreifen weil bist du ein Mann oder bist du auf dem Weg zur Spitze bleiben immer welche zurück die dir ja nicht das Wasser reichen und gehen lassen wirst du dich doch nicht und vor allem nicht jetzt und es geht allen so und weiter und es geht allen einmal so und weiter. Jeder steht einmal am Abgrund und weiter.

Ich freue mich schon darauf.

Im Schatten hinter der Tür.

Als Jana zwölf Jahre alt war, zogen ihre Eltern für eine Zeit lang in die Stadt, was ein Ereignis für sie war, weil sie einerseits dem Land mit ihrer Kindheit darin, mit der Erinnerung und ihren Freunden entrissen wurde, andererseits aber sich plötzlich in einer Umgebung eingebettet fand, in der die anderen, die *Leute*, auf einen Schlag überall zu sein schienen. Die einzigen Plätze, sich zurückzuziehen, waren ihr Zimmer in der Wohnung, die sie mittlerweile alleine bewohnte, oder der Häuserblock und später, als sie größer wurde, solche Kaffeehäuser, die sonst keiner mehr besuchte und deren halbverlotterte Gästetoiletten.

Man schreibt Briefe zurück an die Vergangenheit, selbstredend, an den besten Freund und die beste Freundin, die sich inzwischen nahestehen, aber wer schreibt schon wirklich Briefe, die Kindheit zu beschwören?

Eines Tages findest du dann einen grünen Falter zwischen den Blättern deines Kinderbuches eingelegt, als Erinnerung, mit feinen Flügeln, wie Häutchen gespannt. Einen *Jungfernfalter*, wie du ihn immer genannt hast, aber der ist längst nicht mehr lebendig. Der zerfällt zu Sand, dessen Anblick keine Bilder mehr in dir wachruft, an das kleine dunkle Mädchen, das ihn vor Jahren von der Fensterbank geholt, bestaunt und zwischen den Seiten aufbewahrt hat. Die Allgegenwart der andern ergreift nach und nach Besitz von uns.

Als Jana Strumpfhosen trug wie alle anderen, war sie mit einem Mal wie alle anderen, was ihr zwar kurzzeitig die

Angst vor dem Alleinsein nahm, doch zusammen mit ihren abgelegten Kanten und Ecken auch das Profil. Bis hin zur Gesichtslosigkeit, gegen die sie vielleicht noch im selben Jahr, zumindest aber im selben Alter, Mascara auftrug und den immer tiefer greifenden Lidschatten.

In einer der heruntergekommenen Gästetoiletten war es dann auch, dass sie sich mit einer ihrer neuen Großstadtfreundinnen vor den Spiegel stellte und zusammen mit ihr die erste Zigarette rauchte. Sie lachten dabei. Da war die Spannung, die zwischen all dem Schmutz und dem Gestank nach Urinstein mit einem Mal überschlug, ob die Tür aufgehen würde. Wer hereinkam und vor allem, was danach geschah. Was mit ihnen geschah.
Jana steckte sich eine Zigarette zwischen die Zähne, die noch weit auseinander standen wegen der Zahnregulierung, und die beiden Mädchen kicherten und zitterten zugleich vor Erregung. Jana wusste nicht einmal mehr ihren eigenen Namen.

Ein halbes Jahr später konnten sie sich schon im Spiegel der Gästetoilette sehen, ohne dabei auf den Zehenspitzen stehen zu müssen. Wir werden immer größer, sagte Jana.

Bloß die Hoffnung, auch die eigene Unansehnlichkeit würde sich wandeln, zum Schwan aus dem so oft erzählten Märchen, erfüllte sich nicht in gleichem Maße, weil wir bis zuletzt hässlich bleiben.

Darum vielleicht auch das Klavier in dieser Zeit.

Klavierspielen als eine immer öfter, immer leidenschaftlicher geübte Art der Selbstbefriedigung, weil du da nicht *spürst*, wie ungeschickt deine Finger sind; die fast schon mechanisch abläuft.
Zu jeder Tages- und Schlafenszeit, wenn es dir wehtut, der Gang an das Instrument. Das sich nicht rührt, und du ertappst dich dabei, wie du auf das Klavier einschlägst, Akkorde in die blanke Tastatur schlägst, deren Zahnlücken sich sofort wieder schließen in dem Moment, da du die Hände hebst. Aber der Rahmen, die Saiten sind stärker als du, was willst du zerschlagen?

Dann setzt der immer selbe Mechanismus ein, wenn du mit der Linken in handbreiten Akkorden anfängst und plötzlich in ihre Zerlegungen ausbrichst, die Tasten kitzelst, und das Schlagen der Hämmer wird weniger heftig, wird sanfter. Nicht wie am Anfang.

Am Anfang tut es weh.

Du spürst die Oktaven und das unhörbare Schieben und Stoßen im Inneren des Instruments. Das kannst nur du spüren, all die kleinen Hebel, die da laufen, die die Dämpfung anheben oder senken, das immer rhythmischere Kreisen vom linken Rand zum rechten, über alle Saiten hinweg, alles in Bewegung, du wirst ruhiger, entspannter, dein eigenes Stakkato stößt dir nicht mehr auf. Und es sind immer noch deine Finger, die denselben Mechanismus in Gang halten. Du bist schon weit, tief drinnen im Piano, das schreit jetzt für dich, weil du nicht mehr kannst.

Dass sie diese Sekunden liebte, sagte Jana, in denen sie so eins mit dem reglosen Instrument war. Dass sie sich, wenn sie zum Höhepunkt gelangte, mit beiden Händen in die Tasten vergrub und danach nie wusste, ob sie noch einen Moment lang bleiben sollte, meinte Jana, oder einfach aufstehen und gehen. Den Deckel schließen, alles abgeschlossen, bis es sie plötzlich wieder zu dem Instrument zurückzog und sie in einem fort weiter auf das Klavier einschlug, das sie doch nie in die Arme nahm.

Sie legte dann oft den Kopf ganz nahe an die Tastatur, das Ohr dicht über die *schwarzen Töne*, ob der feine Mechanismus im Inneren auch ohne ihr Zutun vonstatten ging, oder ob sich dort nur unter ihren Fingern jenes heimliche, unvergleichliche Leben regte, doch sie fand es nie heraus. Vielleicht war es diese schwelende Ungewissheit, oder eine leise Eifersucht auf das, was da ohne sie ablief oder auch nicht ablief, die sie zwei Wochen später zum Schreien brachte.
Ich selbst überraschte sie nur einmal dabei, tief über das Klavier gebeugt. Später versperrte sie stets das Zimmer.

So kommt es jede Nacht über dich, Jana.
Begleitet dich, wenn du dich schlafen legst und schläft mit dir ein und wacht vor dir auf. Du gibst ihm keinen Namen, du rufst auch nicht danach.

Dein Vampir, der dich beobachtet. Dich erzählt. Von den Schatten aus, hinter der Tür.

Dein weißes Gesicht, bevor du fährst. Du willst weg, sagst du. Wohin weißt du noch nicht, aber du wirst bald wieder zurück sein, spätestens zum Abendessen. An die Küste womöglich.
Die Straßen draußen sind nass, fahr nicht zu schnell: Sie waten im Wasser.

Viel Wind am Himmel damals. Er kam vom Rand, von den Vorstädten, und Jana fand, dass er fremd roch, seit sie in die Stadt gezogen war. Die Fahnen auf den Brücken eingeholt und eine kaum mehr fassbare Bewegung in den Bäumen am Flussufer, die sich stromabwärts weiter wälzte.

Hunde, die ihre Herren nach sich zogen.

Während sie am Fluss stand und rauchte, streute sie sich die eigene Asche in die Augen und irgendwie, mit der Asche in den Augen, wurde Jana älter.

Sie zog die Strümpfe aus.
Sie ließ sich die Haare schneiden und die Zahnspange abnehmen.
Sie stand auf, und wenn sie in den Spiegel sah, war das kleine dunkle Mädchen nicht mehr dort. Sie ließ sich fotografieren, machte es nicht mehr selbst, weil sie es nie gelernt und immer zuviel Horizont oder einen Fingerabdruck auf der Linse gehabt hatte, und schob in ihren Bilderrahmen die alten Ablichtungen von sich nach hinten und die neuen Aufnahmen nach vorne.

Sie bemerkte, wie dunkel der Himmel geworden war und dass Wind ging, draußen vor dem Fenster. Das welke Laub vom Vortag in den Straßen, aber da war nichts dahinter, was sie daraus ablesen hätte können. Es ist nichts in unserer Umgebung. Nicht einmal im Wind.

Der bläst sich eins.

Als Jana das kleine dunkle Mädchen verlor, ertappte sie sich plötzlich dabei, wie sie sich umsah und hinter sich sah. Nicht am gleichen Abend, nicht die Nacht darauf, aber eines Tages dann, als sie in der Straße stand und sich zum ersten Mal vielleicht auch so fühlte, als ob sie in der Straße stehe. Kein Fenster, das sich hob und ihren Namen in den Hof hinunter rief, sie solle hochkommen, jetzt sofort, und schlafen gehen.
Auch ihr Schritt, der zu groß geworden war zum Tempelhüpfen, und wo sie wartete, sah sie die alten Markierungen, das alte Spiel und eine Fremde, die Steine nach den Kreidefeldern warf und doch jedes Mal in der Grätsche stolperte. Sie hielt ihr die Hand hin und die Fremde zog sich die kleinen weißen Socken über die Knöchel und rannte davon.

Zum ersten Mal auch das Gefühl, etwas verloren zu haben, das dich beschleicht, wenn du im Spiegel deine Augen nicht mehr erkennst. Sie sind so rot.
Wenn du ein kleines Mädchen aus deinen Tempelhüpfruinen aufscheuchst und ihr nachschreist, sie solle doch stehen bleiben, aber sie kommt nicht wieder zurück. Sie weiß nichts von dir.

Das Gefühl vielleicht, dass du auf einmal die letzte Karte spielst, aber Pik ist Trumpf und Herz verliert. Dein leises Herz, Jana.

Manchmal, so Jana, hörte sie das Tapsen leichter Absätze hinter sich, wie das Echo ihrer eigenen Schritte, woraufhin sie stehen blieb und das kleine dunkle Mädchen tauchte um die Hausecke auf und blieb dort ebenfalls stehen. Sie bog nie ganz um die Ecke, sondern wahrte stets einen gewissen Abstand zwischen der großen Jana und sich selbst, aus dem heraus sie sie belugte und dabei scheu die Hände an die Hausmauer gelegt hielt, als wollte sie sich jederzeit wieder zurückziehen, wie die Wasserschnecken.
Jana sah ihr in die Augen, die so groß und dunkel waren, und überhaupt war es das ganze Kind, das so traurig wirkte und sie bloß anstarrte. Jana rief es heimlich zu sich, aber das kleine Mädchen starrte sie nur weiterhin aus der Entfernung an. Jana flüsterte: Wie heißt du?
Gehst du zum Tempelhüpfen?
Ich habe dir schon die Linien gelegt.
Die Kleine legte die Nase in Kräusel. Vielleicht lächelte sie auch, mit großen dunklen Augen, bevor sie ebenso plötzlich wieder verschwand.

Erinnerung und Gegenwart als eines.
Die seltsame Einbildung, die Jana verfolgte seit sie größer geworden war und sich im Spiegel nicht mehr erkannte, wucherte in ihr hoch und brachte sie manches Mal bis zum Kotzen. Sie sah das kleine dunkle Mädchen immer

öfter vor sich auftauchen, am Fahrbahnrand am Abend, wie sie die Bordsteinkante entlang balancierte, wenn Jana heimging; unter den Kaffeehaustischen, wie sie ihr beim Rauchen zusah und jedes Mal in kindischer Neugier die Lippen spitzte und wie Jana Luft ausblies, als freute sie sich ihrer eigenen, unsichtbaren Rauchzeichen; oder im Treppenhaus zum Hof.
Jana fing an, sie nicht mehr von der kleinen Fremden zu unterscheiden, die, wie sie inzwischen erfragt hatte, zwei Querstraßen weiter wohnte und die jeden Samstag Nachmittag vor ihr Haus zum Tempelhüpfen kam, aber kein Wort Deutsch verstand.
Sie war wahrscheinlich zu klein und ohnehin viel zu dunkel, um ihrer Illusion gerecht zu werden, das wusste Jana schon, aber sie blieb dennoch jedes Mal neben ihr stehen. Sie lenkte ihre Schritte am Weg in Richtung Stadtmitte absichtlich an ihrem eigenen alten Spielplatz vorbei, wo sie sich dann selbst im Labyrinth der übergroßen Kreidezeichnungen vom Tempelhüpfen sah, und die einzige Möglichkeit zur Flucht nach draußen war es, dem Stein zu folgen. So war die Regel.

Sie sprach die kleine Fremde noch einmal an, doch die verstand wieder nichts – woher sollte sie mit knapp fünf Jahren auch ahnen, welchen Spuk sie in Janas Erinnerung losließ – und sah sie bloß stumm mit ihren braunen Augen an. Dann begann sie zu weinen, was die große Unbekannte denn von ihr wolle, oder sie lief einfach davon und Jana, gefangen in einer Art Hilflosigkeit und dem Gefühl, irgendwie in die Situation eingefügt zu sein und dort auch bis zu ihrem Ende ausharren zu müssen, lief hinterdrein. Die Kleine schrie jetzt wie am Spieß und hastete in einen der Hinterhöfe, wo Jana zwar noch eine Zeit lang ihr Schluchzen vernahm, sie aber endgültig aus den Augen verlor.

Es waren Tauben in dem Hinterhof.

Quer über den Lichtschacht, von einem der schmalen Balkone zum nächsten gespannt, hing weiße Wäsche im Wind. Hemden, die schon wieder Staubflecken aufwiesen von dem, was von den Straßen draußen in den Hof geschwemmt wurde. Wie die Tauben, zum Beispiel.
Jana sah sich um, aber das fremde Mädchen war nirgends. Sie wusste auch nicht, ob sie sich bei ihr entschuldigen sollte, oder einfach nur erklären, weswegen sie ihr gefolgt war. Sie hörte das verhaltene Weinen irgendwo in den Balkonen über sich und dann ein paar Schreie, die sie nicht verstand. Sie klangen orientalisch in ihren Ohren, in erster Linie aber fremd. Ein paar Türen schlugen.
Die Fenster.
Jana lehnte sich gegen die Teppichstange im Hof und glitt daran bis zum Boden hinunter. Ihr stieß es mit einem Mal bitter auf. Die Tauben um sie herum pickten zwischen den Steinen und gurrten leise dazu. Sie versuchte, das Bild der weinenden Kleinen zurückzurufen und verglich es in Gedanken mit dem kleinen dunklen Mädchen aus ihrer Erinnerung. Sie sahen sich nicht ein bisschen ähnlich. Jana war viel zu weiß gewesen, damals, und sie hatte die Haare länger getragen und stets zu einem Zopf zusam-

mengebunden. Außerdem grätschte sie nicht beim Tempelhüpfen.
Eine weiße Taube strich über Janas Zehen, und sie zog erschrocken den Fuß zurück. Sie sah sich um in dem fremden Hof, der hässlich war in all dem Dreck, in dem er stand. Die Tauben schwärmten um einen losen Kehrrichthaufen herum, den der Wind alle paar Male um einige Meter vertrug, ohne dabei eine einheitliche Richtung zuzulassen.
Jana fand, dass die Tauben stanken. Sie waren schon ganz nah an ihren Beinen. Mit einer seltsamen Hartnäckigkeit folgten die Tiere dem umherflatternden Unrat und stürzten sich mit derselben Ziellosigkeit wie der Wind, den Flugbahnen des Mülls folgend, einmal in die eine, dann in die andere Ecke des Hofes.

Die Tauben schimmerten blau.

Jana meinte, dass sie nach den alten abgenagten Gräten stanken, um die sie sich im Mist balgten und sich gegenseitig die Federn zerzausten. Wie immer, wenn sie auf die Vögel traf; wie immer, wenn sie unter die Flügel der abstoßenden Tiere geriet, wurden es nur noch mehr. Das Gewusel der blauen Körper nahm zu, in einem fort wuchs der Schwarm an. Sie spürte ihn an ihre Sohlen stoßen, unter dem ständigen Picken der Schnäbel auf den Steinen.

Oben an den Balkonen schlug eine Tür ins Schloss, lauter diesmal.

Taubenfischgrätengestank.
Die Vögel schreckten in einer Bewegung hoch. Jana sprang auf.
Sie spürte es zwischen ihren Beinen.

Sie lief los, während der Schwarm über ihren Kopf hinweg nach einem Himmel zu aus dem Lichthof stob. Sie erbrach sich fast im Laufen vor dem plötzlichen Ekel, der sie erfasste.

Sie lief bis nach Hause.

Ihre Mutter zog sie aus und wusch sie. Sie legte ihr frische Wäsche aufs Bett und nahm sie eine Zeit lang zu sich auf den Schoß, wo sie sie wiegte und schaukelte als wäre Jana eben erst geboren. Sie sollte sich nicht ängstigen, wie sie es als Kind getan hatte, auch vor den Vögeln nicht. Und von jetzt an vielleicht ein ganzes Leben lang, es würde wieder und wieder so kommen. Man gewöhnt sich daran, Jana.

Man gewöhnt sich an alles.
Sie sollte sich keine Sorgen machen um die Flecken in ihrer Hose, die gingen schon weg, die gingen schon irgendwie heraus. Sicher würden sie das. Leg dich schlafen, Kind du, und Jana schlief darüber und von da an immer wieder.

Wir gewöhnen uns an alles.

Ein wenig später noch scheute sich Jana davor, irgend jemandem davon zu erzählen. Auch ihrer Freundin erzählte sie damals nichts, sie schwieg, wie man unter besten Freundinnen eben schweigt, und ging von nun an alleine auf die Toiletten der aufgelassenen Kaffeehäuser, rauchte dort für sich alleine und mied die helleren Innenhöfe.
Sie trug auch ihre Mienen zu der Zeit, sagte sie, wie Masken, weil sie sich vor dem Gelächter der anderen plötzlich gläsern fühlte. Weil es immer ihr galt, weil man ihr von dem Moment an ansah, weil sie sich selbst ansah, was sie austrug.
Die anderen lachten immer, aber die anderen waren nie ganz wie sie.

Jana lief rot an in der Klasse, weil ihr der Freund mit den Zetteln vom Zimmerfußboden, ein Dreizehnjähriger mit Storchenbiss im Gesicht, auf zerknittertem Papier einen Brief schrieb, dass sie zwischen den Beinen nach saurer Milch stank, wie ein Mädchen, und sie rannte manchmal am Nachhauseweg, wenn die Kinder ihr *Mondgesicht* nachriefen.

Aber wir werden älter von da an. Wir tragen nur noch kurz dieselben Federn auf wie eh und je, ehe auch sie uns schütter werden und selbst Gekanntes keiner mehr erkennt.

* * *

Ein andermal schlief ich mit Jana unter den Kaffeehaustischen.
Sie war gesprächiger als üblich, weil wir zu zweit alleine waren. Sie hatte mir eine, vielleicht zwei Stunden lang den Nachmittag vollgeplaudert und dabei oft über die eigenen Belanglosigkeiten gelacht, über meine wässrigen Augen und ihren Freund mit den Zetteln vom Zimmerfußboden, der heute nicht gekommen war, um sie nicht aufs Neue beschimpfen zu müssen. Dabei mochte sie ihn, weil sie sagte, dass das nun einmal so sei mit der Freundschaft, und dass ja doch jeder nur im Grunde, also irgendwo tief drinnen und in sich selbst, dass da jeder wahrscheinlich nicht der Mensch sei, der er wäre.

Weil Jana so selten sprach.
Sie stockte oft mitten im Satz und starrte dann plötzlich auf den Tisch, indem sie ganz leise geworden war, wo irgendetwas sie zu faszinieren schien.
Für eine Weile bloß.

Die Asche, die sie hatte fallen lassen womöglich, und die verglüht und weiß geworden war. Aber es waren keine Bilder darin.

Janas Aschenbilder, ich fragte sie danach.
Ob sie vielleicht wieder Sehnsucht habe, sich die Asche in die Augen zu streuen. Es ging kein Wind an dem Tag.

Sie lächelte ein wenig als sie hochfuhr, was ihr selten wirklich gelang, und schüttelte den Kopf. Heute sei kein

Tag zum Älterwerden, aber sie vermisse das Klavierspielen. Die Kälte und den Lack, der genauso schwarz war wie der hier auf den Kaffeehaustischen. Das musste es auch gewesen sein, was die Erinnerung in ihr geweckt hatte.
Die schwarz lackierten Tische. Die weißen Porzellanaschenbecher darauf. Wie Zähne.

Die wunderbare Geschichte.

Janas seltsame Zuneigung zu ihrem Piano sei ein Hasardspiel ohne Sinnhaftigkeit, meinte der Freund mit den Zetteln vom Zimmerfußboden, eine Art *Ausfluchtweg* vielleicht oder die entsprechende, die angepasste Antwort auf das ebenso dumme Gegröle der grausamen Generation, der anderen draußen vor dem Fenster.
Einem Seiltänzer vergleichbar, im Balanceakt ohne Netz, der sich womöglich auch mit jedem neu gesetzten Schritt an seiner Stange festklammern musste, um das Gleichgewicht zu bewahren. Oder im Tanz, wo er die feine Gratwanderung zwischen dem Absturz vor sich und dem Absturz hinter sich allein dadurch bewältigen konnte, dass er sein Ungleichgewicht auf die eine Seite warf, es in Bewegung verwandelte, in Tanz eben, und so sein Fallen ausglich. Dazu brauche er jedoch die Freiheit des Seils, und dessen ganze Länge.
Janas Balanceakt, lächelte der Freund mit den Zetteln vom Zimmerfußboden, erinnere ihn mehr an eine Tarantella auf dem Ende einer Fahnenstange, auf dem schwer stehen ist, und jeder Schritt, egal wohin du austarieren

möchtest, führt unweigerlich zum Sturz in die Tiefe. Du musst tanzen, wenn du oben bleiben willst.

Du hast Angst vor dem Fliegen, Jana. Vor dem Fallen.

Du fürchtest dich vor den Vögeln, vor ihren Schnäbeln und Schwingen, und klammerst dich doch in deiner Furcht an einen *Flügel*. Und wenn du noch mehr Angst hast, wenn du zu spielen anfängst, selbst wenn du Akkorde um Akkorde in die Tasten hämmerst, ist das am Ende nicht viel mehr als ein verzweifeltes, dein verzweifeltes *Flügelschlagen*.

Der Freund mit den Zetteln vom Zimmerfußboden empfand die lange Tastenreihe immer als eine Art von Eisenbahnschienen, nur sprach er das nie aus, wenn Jana mit am Tisch saß. Dazu benutzte er die wenigen Augenblicke ihrer Abwesenheit, wenn sie zu spät kam oder wenn sie manchmal ganz unerwartet und ohne ein Wort aus dem Gespräch aufstand und nach hinten, zu den Toiletten rannte.
Wenn sie nicht da war, bemerkte der Freund, dass er das Klavier verabscheute, weil Jana es vergötterte und ihr ganzes Dasein nur nach dem riesigen Instrument ausrichtete. Doch nicht etwa, indem sie *schuf*, indem sie darauf spielte oder komponierte, wie andere das taten, sondern sie saß einfach davor und lehnte mit der Hand unter dem Kinn gegen seinen Korpus. Und stumm.
Er empfand es als Eisenbahnschienen.

Die rasche Abfolge von weiß und schwarz wie der Gleiskörper, mit den lichten Bahnschwellen darunter und dem finsteren Schotter, die sich ebenso schnell, je schneller der Zug fuhr, einmal hell, dann dunkel miteinander abtauschten. Über beide galt es, sich hinwegzuwälzen. Beide schlugen sie an unter dem darübersausenden Gewicht und lärmten. Beide hatten sie ihren Rhythmus. Die Klaviertasten als ein einziger, endlicher Schienenstrang, mehr war da nicht.
Außer dass – wie er fand – Jana in ihren seltsamen Zuständen den Kopf gefährlich oft bis auf die Geleise brachte.

Und von der wunderbaren Geschichte. Und von der Liebe.

Weil das Spiel weiterging und ich immer tiefer in Jana eindrang, je öfter ich mit ihr schlief.

Das war, bevor sie schrie und in der Zeit danach, während zweier Wochen, in denen sie bloß Bruchstücke ihrer selbst nach außen kehrte, wie die letzten, in ihrer Endlosschleife gefangenen Bildfragmente nach dem Filmriss. Die ich dann aufzusammeln hatte, die ich in Ordnung zu bringen hatte und in denen ich anschließend zu lesen versuchte. So wie man sagt, dass man in den Wolken lesen kann. Oder in den Fußabdrücken im Sand, bevor das Meer sie verwischt.

Von Zeit zu Zeit ließ sie etwas fallen in der Erwartung, ich würde mich danach bücken, ein Wort vielleicht, das wie Perlmutt für sie schimmerte und das jedesmal doch nur schonungslos die eigene Lächerlichkeit bloßstellte, einen Gedanken manchmal. Manchmal die eigenen hässlichen Träume.

Jana, so wollte ich es einst vor dem Schrei, war die Muschel, die es zu öffnen galt. Die dunkel war und unansehnlich, wenn man sie bloß in den Händen hielt. Aber selbst als es mir gelungen war, sie aufzubrechen, die Finger dazwischen zu stecken und ins Innere zu stoßen, waren da keine Perlen, sondern bloß das weiche, fischig feuchte Muschelfleisch. Die Finger stinken danach, aber Schimmern findest du keines.

* * *

In der Zeit in etwa lernte Jana von der Liebe und zum ersten Mal auch von der Liebe außerhalb ihres Zimmers, außerhalb des schmalen Tastenfeldes am Flügel.
Die Begegnung war eher zufällig, weil Jana ab und zu ins Kino ging, wenn sie genügend Mascara dazu trug, um sich und ihre Ängste zu kaschieren. Und die Liebe, so sagte sie, war in den meisten Fällen das, was dort den anderen passierte.
Die küssten sich manchmal, wie es die auf der Leinwand taten. Das waren auch die anderen.

Jana versuchte lange, die Leerplätze zu verstehen, das, wie sie es nannte, was im Raum dazwischen stattfand.

Vom Zusehen. Ein Lächeln vielleicht. Die leisen Umarmungen, die alle wie von selbst da waren. Das Küssen war da. Das *Danach* war da, einzig das Dazwischen blieb ihr ein Rätsel und wie man ans *Danach* gelangte. Sie schrieb es den Filmen zu und der leisen Hintergrundmusik, die in ihrem Leben fehlte, und weil sie trotz ihrer Gesichtslosigkeit nie wie all die anderen war.

Ein sanftes, zärtliches Piano, das am Beginn aller Liebe stand, aller Liebe stehen musste, und sie klammerte sich nur noch mehr an das Instrument, das ihre Fingerspiele nicht erwiderte.

Dann wieder hielt Jana plötzlich mitten im Wort inne, dämpfte die Glut aus und die Aschenreste und trat in die Blumenbeete rund um den Brunnen im Stadtpark, die jetzt brach und lehmfarben dalagen.

Du, Jana:
Weil es Herbst ist, sind die Becken trocken. Es regnet, und du sagst noch immer, dass ich nach dem Wasser rieche. Du zeigst mir die von deinem Flug zerschnittenen Hände, vom *Nach-den-Sternen-Greifen*, und meinst, dass du nie wieder wirst spielen können. Dass du taub geworden bist für die Tasten und schon lange nicht mehr merkst, wie du sie schlägst.

Wenn es warm wird, betrinken wir uns oft bis ans Ende der Nacht. Wir schlüpfen aus unseren Kleidern. Wir ziehen uns aus und waten durch das kniehohe, brackige Was-

ser bis in die Mitte des Brunnens, wo jeder auf seiner Seite hochsteigt. Obenauf, unter dem abgeschalteten Wasserfall warten zwei Muscheln, du nimmst dir deine und ich nehme meine.
Weil man sich nicht sehen kann von dort, nur die beiden Himmelsrichtungen, und die kalte Bronze, die du bis aufs Geschlecht spürst, wenn du sitzt.
Es liegt noch Asche oben, wenn du magst, vom letzten Frühjahr.

Wegen der Kälte vielleicht, die mit der Nacht kommt, dass sich Jana seit dem Tag, an dem sie dem fremden Mädchen bis in den Innenhof gefolgt war, beim Einschlafen die Decke fest zwischen die Beine zog und auch noch am Morgen so dalag, wenn sie erwachte. Weil die Nacht, die blau ist, und der Schlaf uns nicht ganz selbstverständlich darum erleichtern, was wir am Tag hassen.
Es ist noch Licht in der Nacht zum Beispiel, und auch die Spiegel funktionieren.
Du bist immer noch du selbst.

Und wieder du, Jana:
Du atmest noch.

Dasselbe Jucken ist noch da, nur hilft es nichts, wenn du es befriedigst, weil die Fenster offen sind. Die Vorhänge sind hoch, es könnte dich jemand sehen, obwohl die Stadt fast wie verlassen ist.
Die Straßen sind leer, wie gestern schon. Musik von unten, splitterndes Glas. Die Ampeln stehen auf Durch-

fahrt geschaltet, und du erinnerst dich, ein wenig vage bloß, an den Freund mit den Zetteln vom Zimmerfußboden, als er das erste Mal am Fenster stand und mit der Hand nach draußen deutete: Du wohnst fast unter dem Dach, Jana.
Man kann die Nacht von hier aus überschauen.

Und sein Kommentar auf die ausgestorbenen Straßen unten, über den du zugleich gelacht und dich geärgert hast, weil er dich plötzlich eifersüchtig machte: *Viel Verkehr um diese Zeit in dieser Stadt.*

Ihr tut mir weh, meinte Jana dann.

Manchmal aber schwieg sie auch einfach nur dazu.
In der Stadt zum Beispiel, wo sie einmal mit mir spazieren ging, weil ihr, wie sie sagte, davor graute, alleine fortzulaufen und weil die Stadt in ihrem Inneren mehr denn andersworn Vögeln wimmelte. Sie kleideten die Plätze und Fassaden geradezu in ihre Federn. Wahrscheinlich blieb ein wenig von den Vogelfarben auch tatsächlich an den Gebäuden haften: taubenblau etwa, spatzenbraun, oder schwalbenschwarz.
Meine Gesellschaft langweilte sie. Ich sei bloß eine Art von Echo, sagte sie, das im Grunde völlig nebensächlich wäre, wenn sie mit mir spreche. Aber ich sei – trotz meines Wassergeruchs – gut genug, die Vögel von ihr abzuhalten.

Wohin wir gingen, fragte ich, und sie führte mich den Weg um den Schlossberg herum, die Sporgasse hinauf und am Freiheitsplatz vorbei, wo das Schauspielhaus zur Linken und der Dom zur Rechten nebeneinander im Stimmbruch lagen; liegen mussten, weil es so still war in Anbetracht der Tageszeit.

Weiter durch das Burgtor.
Ich fragte sie, ob sie alle Spaziergänge immer im Stadtpark begann, und sie schüttelte den Kopf.
Nein, aber ihre Wege liefen zumeist darauf hinaus.

Sie bog um die erste Ecke der Festungsmauer und marschierte noch ein paar Schritte weiter zum Rondeau des Ententeichs, wo sie sich auf eine der Bänke setzte, mit Blick auf das Wasser. Sie zündete sich eine Zigarette an und sah sehr lächerlich damit aus, weil sie sich beim Anzünden unversehens den Lippenstift verwischt hatte, wegen des Windes womöglich.
Wie Terracottaerde im Gesicht.
Dabei war das Rondeau im Grunde kein wirkliches Rondeau, sondern bloß eine Art Halbrund, dessen letztes Viertel der Ententeich einnahm, dort wo die Mauer einen Knick in den Teich hinein machte und um den herum die Bänke im Kreis aufgestellt waren. Jana schaute zum Schlossberg hinauf, mit bis über die linke Wange verlaufenem Mund, und sagte dann meinen Namen, ohne dass sie ihn besonders betonte.

Das erste Mal womöglich, dass sie zu mir von der Liebe redete, dass sie sie zumindest wortwörtlich nannte, aber sie stellte auch keine weiteren Fragen dazu und erzählte

auch nicht viel mehr, als was ohnehin schon längst erzählt war:
Jana hasste den allmorgendlichen schlechten Geschmack im Mund vor dem Aufstehen, vom Rauchen, und die seltsame Umklammerung von Polster und Bettdecke, in der sie sich ertappte. Allerdings sprach sie das damals noch nicht aus, sondern sie beschränkte ihre Ausführungen nur auf nackte Andeutungen.
Sie sagte, dass sie in den Nächten davor manchmal träumte und dass sie das entsetzliche Geflügel, die Tauben, sogar bis dorthin verfolgte. Sie hörte das pickende Federvieh bis in den Schlaf hinein.

Was für mich die Liebe sei, fragte sie, und lieben selbstredend, nur um im nächsten Moment gleich wieder weiterzuplappern, als hätte sie es niemals wirklich wissen wollen: Dass es die Zeit sei, oder das neue Jahrhundert, das uns trotz aller *Gleichheit*, trotz der gemeinsamen Gesichtslosigkeit, die der Freund so oft auf seinen Zetteln vom Zimmerfußboden beschworen hatte, immer mehr von den anderen abhebe.

Am Anfang dieses Jahrhunderts bist du zwanzig Jahre alt und hässlich. Du arbeitest nicht. Du hast schon vor vier Jahren aufgehört, Bücher zu lesen. Du schminkst dich weiß, man lässt nur seine Augen sprechen heutzutage, um sich nicht den eigenen Analphabetismus ins Gesicht schreiben zu müssen. Die eigene Sprachlosigkeit. Du rasierst dich heimlich an den Beinen und lachst viel.

Du träumst vom Meer und manchmal von einem Mann mit kurzem Haar und kurzer Nase, der um die Mitternacht zu dir kommt und bis zum Sonnenaufgang bei dir bleibt, vor der Abreise.
Dein Vampir, den du nicht kennst und den du doch immer öfter, auch schon tagsüber, in den Schatten warten siehst. Hinter der Tür.

Du kennst das Leben nur vom Zusehen, oder vom Spätabendprogramm im Fernsehen, und du bist unerfahren bis zuletzt. Weil es bereits begonnen hat. Weil es ohne dich begonnen hat, bleibst du zum Zusehen verdammt.

In der Nacht, am Abend gehst du aus, und wenn dir zum Trinken kein Geld mehr übrig bleibt, wenn du keinen Weg mehr weißt, um dich zu betäuben, und deine Existenz, und die Hässlichkeit, auf die du stößt, so oft du in den Spiegel schaust oder aus dem Fenster, bleibt dir nicht mehr als die aufgelassenen Toiletten.
Weil dich dort keiner sieht, wenn du weinst.
Und keiner hört, wenn du schreist.
Weil große Kinder weinen nicht, und man hält den Mund bei Tisch.

Das ist Jana. *Du* bist Jana.
Sie stöbern dich auf wie Krähenschwärme in den warmen Feldern.

Das ganze Leben, heißt es, sei der Versuch, über die eigene Existenz hinwegzukommen. Die Ungeheuerlichkeit, mit der wir uns plötzlich hassen müssen von dem Moment an, da wir uns selbst erkennen. Nur in den Straßen draußen schämt sich scheinbar keiner seiner Hässlichkeit.

Ihr anderen, kommt nicht auf uns zu. Nehmt uns nicht in eure Arme, mich friert auch so genug.

Sagt mir nicht, was ich nicht tun darf, weil es mich krank macht. Ihr anderen. Denn letztlich krankt ein jeder dann für sich allein an seinem Leben.

* * *

Im Sonnenschein löste sich eine der unscheinbaren braunen Enten vor dem Stadtparkrondeau aus der Reihe des Schwarms und driftete vom Beckenrand weg, aus dem Schatten der Festungsmauer heraus auf die Mitte des Teiches zu. Dorthin in etwa, wo das Rondeau zum ersten Mal in barocker Verspieltheit seinen Bogen ansetzte, aber noch nach der falschen Richtung, wie um Schwung zu holen. Während der Fußweg gegen das Wasser zu in einer Art Stufe immer flacher werdend abfiel, stand am hinteren, am schattigen Ende des Beckens ein Verschlag aus Holz und Maschendraht, wo noch mehr der tranigen Schwimmvögel das Ufer entlangpaddelten.

Jana fixierte die einzelne braune Ente. Sie hörte auf, mit mir zu sprechen, nahm ihrem Echo jede weitere Nahrung, und aus einem sonderbaren Zufall heraus wurde sie völlig unvermittelt in ihrem seltsamen Balanceakt gestoßen,

fand auf ihrem Fahnenmast kein Gleichgewicht mehr und stürzte endlich ab.
Während sie mit mir noch über die Liebe redete, während sie nach Worten dafür suchte, was sie liebte und wie sie lieben wollte, brach plötzlich eine Schar Erpel aus dem Verschlag hervor und warf sich auf die im Abseits Schwimmende. Erst ein Erpel, dann zu zweit, bis die darüber die eine darunter in einer regelrechten Vergewaltigung tief unter die Wasseroberfläche drückten, ohne dass diese durch all das wilde Flügelschlagen auf irgendeine Weise hochfahren und sich befreien hätte können. Vier, fünf grünlich schillernde Vogelkörper, die sich an einem einzigen rieben, der irgendwo unter ihnen versenkt liegen musste, und die ein hässliches Geräusch dabei machten. Jana erbrach sich beinahe beim Anblick der wildgewordenen Tiere, hinter einem Vorhang aus Geschnattere, spritzenden Tropfen und ausgerupften Federn, die in der Sonne glänzten.

Sie hielt sich die Hand vor das Gesicht, um nicht selbst lauthals losschreien zu müssen wie das ertrinkende Vieh, das bloß noch vom eigenen Fett immer wieder zurück nach oben getrieben wurde, während die anderen sich an jedem Teil ihres Körpers oder manchmal, im Tumult, selbst am Geschlecht der Mitstreiter befriedigten.
Erst eine alte Frau mit einem Korb über dem rechten Arm trieb die Vögel wieder auseinander, indem sie ihren Hund auf sie hetzte.

* * *

Weit früher schon war Jana jedoch immer mehr sich selbst entwachsen.

Sie sah zum Beispiel ihre Freundin durch die Schaufenster einer milchigen Schneiderei hindurch, die ein paar entkleidete Modepuppen ausstellte, wie sie um die Ecke einen Jungen traf, der sie plötzlich an der Hand nahm und so mit ihr stehenblieb, ihre Finger in seine geflochten wie zu einem blass rosafarbenen Knäuel. Jana musste unwillkürlich wegsehen, weil sie sich ganz unerwartet schämte, obwohl nicht sie es war, sondern ihre Freundin, die sich die Haare aus dem Gesicht strich und erregt dabei lachte. Hinter den riesenhaften Fensterscheiben.

Jana blieb unbeachtet.

Der Freundin gegenüber erwähnte sie die Szenerie im Schaufenster nur einmal, und nur kurz: Nach über einer Stunde, in der sie vergeblich versucht hatte, ihr den wunderbaren Mechanismus des Pianos auseinander zu setzen, wie es im Inneren des Instruments stieß und stampfte, und dass auch ihre Hände sich dann wie ein Knäuel in die heruntergedrückten Tasten spannen, fragte sie sie endlich, ob sie den fremden Jungen auch küsste.

Ein zaghaftes Kopfschütteln von der anderen Seite.

Von dem Moment an hasste Jana ihre Freundin, weil sie log.

Sie wünschte ihr Salz auf die Haut, um das Gefühl loszuwerden, dass deren plötzliche Verschwiegenheit ihr nun mehr und mehr die Tür vor der Nase zuwarf, und es heißt seit Neuem *draußen bleiben,* auch aus meiner Welt. Weil dein Platz ist besetzt.
Und du bist nicht wie ich.

Jana sah den weißen Bauch ihrer Freundin am Abend, wie die weißen Tasten ihres Pianos, und war eifersüchtig darauf, ihn nicht berühren zu dürfen. Sie hörte die Freundin manchmal lachen, über Jana, ihr dummes Klavierspiel, ihr stundenlanges Warten vor dem Instrument ohne jemals wirklich darauf zu üben, und kein anderer würde soviel Zeit daran verschwenden und immer noch über die Tonleiter stolpern.
Das Klavier, meinte sie, würde zwar beneidenswerterweise immer genauso stocksteif stehen bleiben wie bei der ersten Berührung, aber ebenso gut konnte Jana versuchen, Wasser in der hohlen Hand zu tragen oder am Tag die Sterne zu zählen.
Das alte Kinderlied.
Und keiner hat's gemerkt, dass eines fehlet.
An der ganzen großen Zahl, an der ganzen großen Zahl.

Dein Herz geht so leise.
Jana.

Sie verabschiedete ihre Freundin oft auf halbem Weg in den Stadtpark, blieb aber selbst am Glacis stehen, den flüchtigen Händedruck zum Abschied immer noch in ihrer Rechten eingesteckt, und erbrach sich dann manchmal in den Gasthaustoiletten, weil sie noch immer von dem Hinterhof und den Tauben träumte. Inzwischen durchquerte ihre Freundin die Grünanlagen bis zum Musikpavillon und ging von dort an zu zweit weiter.

Was für ihre Freundin im Stadtpark zunächst mit der Hässlichkeit früher Küsse begann, dem wechselseitigen Ablecken der Zunge des anderen, würde später ab und zu abgleiten. Der Freund, der drei Jahre älter war als Janas Freundin, würde ihr ihren Namen ins Ohr flüstern und dass er sie liebte, und gegen Abend zu, wenn alle Küsse getan, alle Zärtlichkeit ausgetauscht war, würde er sie nach hinten in die Büsche bei der Orangerie führen.
Während sie sich lässig eine Zigarette ansteckte, wie sie es einst mit Jana vor dem Spiegel geübt hatte, würde er sie dort auf seinen Schoß nehmen und streicheln. Ihr das Haar aus dem Gesicht streicheln und wieder zurück, und manchmal ihren Hals freilegen und sie dort berühren. Dann zog ihn auch die Freundin näher an sich heran und er schob ihr den Rock hinauf, damit sie besser sitzen konnte. Er striff ihr langsam das Hemdchen hoch, das wolle sie nicht, sagte sie und spürte, wie er sie mit der einen Hand ausgriff, während er ihr mit der anderen an die Brust fuhr und, ihre Unterwäsche irgendwie zur Seite gezogen, dort in einem fort weiter streichelte.
Sie merkte die Erregung, die ihn plötzlich übermannt haben musste. Er atmete sie ihr direkt ins Gesicht, während sie dagegen ankämpfte, laut zu werden und zu schreien, weil er ihr wehtat, in Wahrheit nur wehtat und

sie nicht ein bisschen dabei empfand. Sie küsste ihn rasch, als er die Hand für einen Moment aus ihr herauszog, und er klammerte sich mit aller Gewalt an sie und zuckte einmal kurz und heftig. Sie spürte etwas Warmes, Nasses auf ihrem Bauch, und irgendwo hinter den Zweigen hörte sie Schritte und hastig auffliegendes Amselgeschrei.

Mit ein wenig Abscheu reichte ihr der Freund ein Taschentuch, damit sie sich seinen Samen vom Nabel und vom T-Shirt wischen konnte, während er sie ungeachtet ihrer Wischerei noch einmal an sich drückte und sie auf die Stirn küsste.
Janas Freundin hatte solche Flecken noch nie gesehen.
Sie strich weg, so viel eben ging, entschied sich schließlich aber anders als sie es ursprünglich vorgehabt hatte und trug auf dem Nachhauseweg das T-Shirt verkehrt herum, damit keiner die klebrigen Stellen bemerken konnte.
Jana kam ihr einen Augenblick in Erinnerung und deren sonderbare Übelkeit, und dass sie sie in letzter Zeit öfter denn je vom Tisch wegrennen und bleich wieder zurückkommen gesehen hatte. Dass sie den Freund mit den Zetteln vom Zimmerfußboden hasste und den Einfluss, den er auf Jana ausübte. Dass er beständig ein kleines dunkles Mädchen aus ihr machte.

Wenn sie mich manchmal traf, zufällig und im Vorübergehen auf der Straße, sprach sie mit mir nur mehr sehr wenig über Jana, weil die zwei sich inzwischen zerstritten hatten und schon längst keine Freundinnen mehr waren.

Jana hingegen sah sie oft in der Nacht heimkommen, sah sie vor sich, wie sie sich beim Aufsperren noch einmal in der Haustür umdrehte, mit einem Lächeln vielleicht, und mit einem viel zu fremden Ausdruck im Gesicht.
Oder sie stellte sich vor, wie sie sich Abend für Abend im Spiegel musterte um zu verfolgen, wie sich ihre Miene nach jedem Mal heimkommen ein bisschen mehr verändert hatte, während Jana selbst am zugeschlagenen Klavier hockte, die Hände unter die Beine geklemmt, dass sie jegliches Gefühl verloren, und ihre Reflexion im schwarzen Lack mit dem Fantasiebild ihrer Freundin vor dem halbhellen Glas verglich.
Zu Janas Hässlichkeit hinzu war ein neuer Ausdruck im Wachsen, eine seltsame Nichtssagendheit, wie sie fand.
Sie war nichtssagend.

Sie hob den Deckel des Klaviers und der weiße Bauch ihrer Freundin strahlte ihr entgegen, aber wir kennen uns nicht mehr, du und ich.
Wir haben einander verlernt.
So lange.
Das Schaufenster und die milchige Schneiderei. Dein Gesicht wie ein neues, an nichts mehr erinnerndes Gesicht durch die rauchigen Fensterscheiben.
Es muss die Entfremdung gewesen sein, im Glas.
Ich habe dir dann, im Traum, ganz leise die Geschichte deiner Freundin auch für dich erzählt, Jana. Für *dein*

Leben. Aus den Schatten hinter der Tür heraus, wo ich mit dir schlief, und nur für dich alleine. Du.

Geh schnell heim auf dem Nachhauseweg, und dreh dich nicht mehr um bis vor die Türe. Die Sonne sinkt schon, sie steht nicht mehr über den Dächern und du weißt was passiert, wenn es Nacht wird.
Weil es immer passiert, wenn es Nacht wird: du beginnst zu schlafen. Und jeder schläft für sich alleine, das weißt du ja. Im Schlaf verlässt man dich. Wir werden einsam, in unseren Herzen.

Erst an der Tür darfst du dich umdrehen und einmal hinter dich schauen. Die Laternen brennen wieder. Der Himmel ist blau als würdest du ihn von unter Wasser aus betrachten, vom Grund in deinem kleinen Teich.
Im Stadtpark zirpen die Zikaden, aber dir fällt nicht mehr ein, an was sie dich erinnern. Der Wind ersetzt, was die anderen tagsüber schreien und tuscheln. Am Straßenrand luminisziert Benzin unter den orangefarbenen Straßenlampen.

Die Amseln im Stadtpark haben zu singen aufgehört, was sonst hast du erwartet?

Du spürst die warme, hart gewordene Stelle auf deinem Bauch, dann musst du dich umdrehen und endgültig nach Hause kommen. Beeile dich mit dem Schloss, du weißt, was gleich passiert. Dreh den Schlüssel nur einmal herum, so wie dich selbst. Schau nicht zu oft durchs

Schlüsselloch nach draußen. Schau nicht zu oft zurück auf diesen Tag.
Das ist so.

* * *

Das ist die wunderbare Geschichte. Von der Liebe.

Janas Freund mit den Zetteln vom Zimmerfußboden schrieb sie an ihrem neunzehnten Geburtstag, was bloß ein Zufall war, weil er sie nicht für sie schrieb.

Er betrieb ein sonderbares Spiel, dem er entgegen all seiner anderen Neigungen so heimlich als möglich nachging; eine Art Tagebuch, nur dass er es in Jahren zählte und anstelle des oft mädchenhaft ausschweifenden Kommentars, der beim Tagebuchschreiben für gewöhnlich jeden Tag schwarz malte und rosafarben beim Lesen, bloß ein einzelnes Wort setzte.
Wie nackt ausgezogen.
Das war dann das Wort des vergangenen Jahres, oder das Ergebnis einer bis auf den kleinsten Rest aufgespalteten Gleichung, das im Nachhinein als Überschrift dafür angebracht wurde. So verfuhr er, seit ihm zum ersten Mal der Einfall zu diesem Kalendarium gekommen war, was in etwa mit zehn Jahren gewesen sein musste. Die ersten zehn Jahre seines Lebens waren damit blank stehen geblieben, waren nur mehr Leerstelle, während die anderen zehn fein säuberlich ihren jeweiligen Titel trugen. Das Wort des Jahres war dabei einmal bloß Ereignis: das erste

Fahrrad zum Beispiel oder ein liegen gebliebenes Bild, wie eine frühsommerliche Kastanienallee mit ihren Schatten und ihrem Blütengeruch.

Zumeist aber waren es Namen, nach denen er seine Jahre in die Erinnerung einschlichtete, Namen vom ersten Mal Händchenhalten wahrscheinlich, kindischen Küssereien oder niemals angesprochenen Verliebtheiten. Manches davon zog sich länger, füllte zwei Zeilen in Folge mit denselben Namen, manches wieder überdeckte andere, kleinere Geschehnisse, die er darüber vergessen musste, weil nur ein Wort im Jahr gestattet war.

Ein einziges Mal bisher, das hatte er uns gestanden, sei es auch Janas Name gewesen, den er solcherart über ein Jahr gestellt hatte.
Welches Jahr es gewesen sei, fragte sie und war erstaunt über die Antwort, weil sie sich gerade damals stets für besonders unansehnlich gehalten hatte. Unansehnlich schon, fand er, aber es sei das letzte Jahr gewesen, in dem sie noch das eigene Gesicht getragen habe. Seither könne er sie kaum mehr anschauen, und er hoffe immer noch, sie schlafe nur hinter ihrer hässlichen Fassade.

Jana selbst nickte Zustimmung. Sie hatte am Tag zuvor ihre alten Fotos von der Wand genommen und schrie drei Wochen später am Klavier.

Schreiben, sagte der Freund mit den Zetteln vom Zimmerfußboden, und sei es auch nur das Schreiben seines Kalendariums, bedeute, eine Welt in unzählige unzusam-

menhängende Bilder aufzubrechen. Als Ganzes müsste sie nämlich immerzu unzugänglich bleiben, weil man sie nicht fassen könne, wenn sie sich weiterdrehte. Wie die seltsamen Sternschnuppen in den Kaleidoskopen.
Wenn man sie aber anhielt, oder einzelne Bilder aus ihrer Drehung herausstieß, dann taumelten die zwar ziellos dahin und dorthin wie betrunken, aber dann wären da auch *Momente*, Momente, die für ein Ganzes stünden und die jeder festhalten könnte: Momente der Hässlichkeit, der selbsttätig gewordenen Angst, der Müdigkeit, der Träumerei. Spiegelbilder für uns alleine.
Wie ein Film, in dem es auch erst die einzelnen, lose einem Gesamten entrissenen Bilder wären, die in ihrer rasenden Abfolge die Illusion auf der Leinwand ausmachten.

Den Strand lediglich als eine Ansammlung starren Sands verstehen.
Aus den Scherben das zerbrochene Gefäß herauslesen.

Und wieder auf der Regenstraße nach der Küste. Du träumst davon und seit du Kind warst, Jana, jede Nacht. Doch wird von deiner Angst selbst vor der Wasserwüste nur wenig ein klein wenig kleiner als gedacht.
Du träumst, am Strand zu schlafen, nur der ist voller Steine. Vielleicht war auch das Meer ganz leise, bis auf dort, wo meine oder deine Steine wahllos in die Wellen trafen. Du stehst daneben, zählst die Kreise, die sich im Takt der Tide senken oder heben. Man spricht dich an, doch du verstehst kein Wort.

Von deiner Hässlichkeit, Jana.

Die wunderbare Geschichte fertigzustellen, nahm Janas Freund mit den Zetteln vom Zimmerfußboden zwölf Tage lang in Anspruch. Von der Liebe.

Über dem Geschwätz an den Kaffeehaustischen und Janas täglich stärker werdender Hysterie vor den Vögeln, die sich nun auch immer mehr auf alles andere auszudehnen begann, was nur annähernd mit dem Fliegen zu tun hatte, kam ihm mit einem Mal der Gedanke, er würde die vollendete Liebesgeschichte überhaupt schreiben. Oder das perfekte Liebesgedicht, ein Stück, in dem jedes Wort, wenn man es las, gerade die Perle war, die die gesamte Kette trug, unermesslich kostbar und keines zuviel und keines zu wenig.
Er zog sich dazu in sein Zimmer zurück, was die einzige Zeit war, in der Jana regelmäßig den Platz an ihrem Klavier verließ, weil sie ihn zweimal die Woche dort hinter den abgeschlossenen Türen besuchte.
Es war auch die einzige, kurze Zeit, in der er nicht über ihre Hässlichkeit herzog oder über den sauren Geschmack, den sie jedes Mal ausatmete, wenn sie bleich von den Gästetoiletten zurückkam.
Eine Zeit, in der er wenig sprach und zumeist nur am Wochenende wirklich außer Haus ging, aus seinem Versteck hervorkam und unter Leute ging, die er dann wortkarg und nur aus den Augenwinkeln heraus beobachtete.
Was er zurückgezogen in seinem Zimmer tat oder schrieb, blieb dabei zum größten Teil Geheimnis. Bloß ab und zu,

wenn er bemerkte, dass sich die Gespräche am Tisch ohne Ausweg im Kreis drehten, ließ er ein paar knappe Kommentare verlauten, um unser *In-den-Schwanz-Beißen* zu durchbrechen, oder er präsentierte ein, zwei kurze Stellen aus seiner wunderbaren Geschichte.
Oft zu unserem Erstaunen, denn was er in solchen Momenten von sich gab, war gänzlich ohne Zusammenhang und nur mit einigem Sarkasmus zu erschließen.

Was er sich ursprünglich als eine breit angelegte Erzählung ausgedacht hatte, alle Grenzen und Tiefen dieses einen, letzten Gefühls, der Liebe, auszuschöpfen, zwang ihn schon bald, die Unbeschreiblichkeit des Unbeschreibbaren zu erkennen. Jeden Tag zersetzte sich seine Geschichte ein bisschen weiter, Handlungsfäden trennten sich in lose Handlungsteile auf, die sich dann einer nach dem anderen gegenseitig wegkürzten. Er formulierte stundenlang an einem einzigen Satz, den er, wenn er ihn am nächsten Tag durchlas, hässlich fand, oder nichtssagend, und ihn ausstrich und aufs Neue zu formulieren begann.

Vielleicht war es deshalb – wegen der Hässlichkeit und Nichtssagendheit, die ihn jedes Mal die Arbeit vom Vortag zunichte machen ließen, oder wegen ihrer Besuche, denn sie war die Einzige von uns, die ihn regelmäßig aufsuchte – dass sich die Geschichte entgegen jeder anfänglichen Absicht immer mehr um Jana zu drehen begann. Ihr Name tauchte ein paar Mal auf den ersten Seiten auf. Die tägliche Hässlichkeit und Nichtssagendheit.

Nach einer Woche berichtete Jana, dass der Gestank in dem Zimmer mittlerweile unerträglich geworden sei. Der Freund mit den Zetteln vom Zimmerfußboden habe die Balken geschlossen, die Fenster, es sei für gewöhnlich bis auf ein kleines Nachtlicht, das er zum Schreiben brauche, stockdunkel in dem Raum.
Er lüftete nicht.
Er ging oft einen ganzen Tag lang nicht aus dem Zimmer, und selbst wenn, schloss er die Tür sofort wieder hinter sich ab, sobald er heraußen war. Kein Spalt Luft dazwischen. Manchmal schlief er in dem Raum oder er aß dort, holte in knapp zwei Wochen dieselbe stumpfsinnige Herumhockerei nach, die Jana ein Leben lang vor ihrem Klavier betrieben hatte. Leere Teetassen standen überall herum oder angebrauchte Teller und Besteck mit graustarigen Rändern.
Aschenbecher.
Der Zigarettenrauch hingegen hatte sich in den Vorhängen festgesetzt, jeder Fleck im Zimmer roch danach, und schwitzig und nach Staub.

Es war Jana unerklärlich, wie geruchlos der Freund im Vergleich zu seiner Umgebung blieb, und dass von dem sonderbaren Unrat und der einsetzenden Verwesung in dem Raum nicht das Geringste an ihm haften blieb. Er roch weiterhin jeden Tag aufs Neue nach nichts.

Nicht so wie ich; sie sah mir in die Augen. Ich roch nach dem Wasser.

Nach neun Tagen ununterbrochenen Schreibens und wieder Durchstreichens war dem Freund nahezu seine gesamte Perlenkette in der Hand zerrissen. Er sei wie ein Taucher, sagte er, der unter Wasser im Schlamm nach Perlmutt fische, bloß dass da nicht einmal mehr die leeren Muschelschalen wären.

Von den drei bis über den Rand hinaus vollgeschriebenen Seiten der ersten Woche war eine einzige übriggeblieben, und immer noch kürzte sich Zeile um Zeile mit zunehmender Geschwindigkeit weg.
Er hatte aufgehört, uns Auszüge davon auf den Kaffeehaustisch zu legen. Er sprach kaum mehr von der Geschichte, außer dass sie zwar immer näher an ihre Vollendung komme; dass er der erste sei, der Worte für das bisher Unaussprechliche finde, doch dafür würde die Geschichte beständig weniger und weniger.
Er fürchtete, dass am Ende, wenn er es endlich geschafft und die perfekte Erzählung geschrieben habe, vor der und nach der es nichts anderes mehr geben könne; dass er am Ende der *wunderbaren Geschichte* auch die letzte noch stehengebliebene Zeile davon durchstreichen müsse. Sie würde vor seinen Augen verschwinden, und nichts am Schluss der Geschichte, was davon noch übrig wäre. Das Unaussprechliche zwar in die Form gezwungen, für alle Zeit auf ein Blatt Papier gebannt, aber es blieb unaussprechlich. Eine leere weiße Seite.
Das war der salzige Nachgeschmack daran: Man kann keine leeren Seiten lesen.

Nach zehn Tagen hatte sich die wunderbare Geschichte bis auf ein wenige Zeilen zählendes Gedicht verflüchtigt, das sich immer noch Wort für Wort weiter auflöste, wenngleich auch deutlich langsamer jetzt, was dem Freund die Hoffnung gab, es könnte am Ende der Niederschrift vielleicht doch noch etwas auf dem Papier zurückbleiben. Ein einzelner Vers womöglich oder zwei, drei knappe Worte, dass ihm wenigstens eine der Perlen in den Fingern hängenbleibe, während ihm links und rechts der nasse Sand durch die Hand lief.

Nur ein Wort am Ende, wie das eine Wort in seinem Kalendarium, das Jahr für Jahr über allem anderen stand. Das aber wäre dann ein Wort, das sich wie Raureif über alles legen müsste, was es berührte: von unendlichem Zauber. Es würde die Welt verändern, die Menschen darauf, weil es die Liebe schlechthin wäre, sie in jeder Sprache für jeden zugänglich machte. Weil man Liebe dann lesen könnte, oder übersetzen, und keiner mehr weiter danach suchen müsste. Das perfekte Gedicht.

Das Ende der grausamen Generation.

Die wunderbare Geschichte.
Von der Liebe.

Er sagte nicht viel am zwölften Tag, als er endgültig von seinem Schreibtisch aufstand und mit einer farblosen Miene nach draußen ging. Er schob den Sessel an seinen angestammten Platz zurück. Er machte die Fenster weit auf und ließ auch die Tür einen Spalt breit offen stehen. Er machte das Licht an, stieg über die am Boden liegen

gebliebenen Teller und Essensreste hinweg, wischte mit den Schuhen die gröbsten Schimmelflecken zur Seite, wie beschlagenes Glas war das, und nahm die ineinandergefaltete hellgraue Decke, die auf seinem Bett lag und schlug sie sich über die Schultern.
So eingehüllt, inmitten des Gestanks und der langsam wieder erwachenden, nach den Fenstern hin zirkulierenden Luft, rauchte er, ohne sich vorher das Gesicht zu waschen. Er hatte Staub in den Augenbrauen und selbst im Haar. Die Asche ließ er unbeachtet auf den Boden fallen, zum Geschirr und zu den hässlichen weißen Flecken dort, und saß so ungefähr eine Stunde lang und rauchte, ohne die Augen von der Glut zu nehmen. Bevor er endgültig nach draußen ging und den Raum verließ.

Er sei müde, sagte er und legte ein einzelnes Blatt Papier umgekehrt in die Mitte des Kaffeehaustisches.
Jana war nicht da, sie war nach hinten, zu den Toiletten gegangen.
Ich drehte das Blatt um. Es war vollkommen weiß und unbeschrieben, bloß in der Mitte, ganz klein, stand in ausgeschlagener Maschinschrift die wunderbare Geschichte. Eine, vielleicht zwei Zeilen, die am Ende standgehalten hatten und die der weite Rand aus weißem Papier darum weder rahmte noch dass er sie freigab. *Freitag, 28. Juni*, stand dort, und: *0 Uhr 22.*
Von der Liebe:

. . .

Darunter war ein Postskriptum angebracht, ein *P.S.* und ein Name, den wir kannten: *Dein Herz geht so leise. Ach du.*

Der Freund mit den Zetteln vom Zimmerfußboden sagte kein Wort dazu. Er hielt den Blick bewusst gesenkt, so als wäre es ihm zuviel, müsste er nach zwölf Tagen ununterbrochener Arbeit das Stück noch einmal in seinem vollen Umfang durchlesen; so als schwinge da immer noch die Angst mit, es würde, wenn schon nicht zuvor, so vielleicht jetzt endlich auch der letzte Rest davon verschwinden, wenn er es weiter ansehe.

Keiner sprach dazu.

Ich nahm das Gedicht auf, las es durch, stumm, und reichte es dann ebenso stumm zum Nächsten weiter. In vollkommener Stille, ununterbrochen vom auf- und niederflatternden Lärm an den Kaffeehaustischen herum, machte das halbleere Blatt Papier seine Runde.
Die wunderbare Geschichte. Das perfekte Gedicht.
Es bedurfte keiner Sprache mehr.

Es war die Liebe, das Gefühl der Liebe niedergeschrieben; für alle Zeit festgemacht. Kein Wort zuviel, kein Wort zu wenig. Es berührte beim Lesen wie ein kalter Luftzug, oder die Gänsehaut.

Es machte mich erinnern, an eine laue Nacht am Anfang des Sommers, auf dem Weg nach Hause zu dem Mädchen vom letzten Schultag. Nach dem Regen, mit den Locken

und den Tropfen darin, die ihr von oben aus den Kastanienbäumen dreinfielen und unweigerlich darin hängenblieben. Sie wohnte neben einer Kastanienallee.
Ich habe deine Haare gemocht, deine eigenwilligen Locken, Mädchen vom letzten Schultag.

Oder es erinnerte an ein Jahr später, als ich vor demselben Haus haltmachte, in einer Nacht im August, um mich in den Garten zu erbrechen und über das Eingangstor zum Garten und die niedrige, gelb verputzte Mauer daneben.
Weil ich dich gehasst habe, nach einem Jahr, noch bevor ich Jana kennenlernte.
Weil du hässlich warst, nach einem Jahr. Weil ich mir wünschte, ich könnte all das wieder heraufwürgen, es aufstoßen, was mir so lange so weh getan hat.
Du hast mir weh getan, Mädchen vom letzten Schultag.
Wann habe ich dich das erste Mal verloren?

Und wieder ein Jahr später, am Brunnen im Stadtpark.
Wieder im Regen.

Oder das abgestorbene, stark duftende Laub auf den Gehsteigen nach dem ersten Morgenfrost.

In den Blätterhaufen irgendwo im Park unter den alten Kastanienbäumen, wühlend, du.
Es sind immer die Kastanienbäume, glaube ich.

All die Erinnerungen an die Liebe und an ihr Vorübergehen, die so unerwartet aus dem Gedicht hochstiegen. Mir fror davor.

Und es erging jedem von uns ähnlich dabei: Jeder von uns schloss die Augen für kurze Zeit, Sekunden nach dem Lesen, und schob das Blatt ohne Worte weiter zum Nächsten. Ein Träumen in den Blicken, wenn es das gibt. Wir sahen uns tiefer in die Augen, schauten uns nach einander um und ertappten uns dabei, unter dem Tisch die Hände des anderen zu suchen, um sie festzuhalten.

Vor uns, in der Mitte des Tisches, lag die wunderbare Geschichte. Wir lasen sie wieder und immer wieder an jenem Nachmittag. Es war ein solcher Hunger danach.

Alle bis auf Jana.
Sie war schon beim Eintreten ins Kaffeehaus bleicher als jemals zuvor gewesen. Sie hatte rote Ränder um die Augen als hätte sie geweint, aber dem war nicht so; sie konnte nicht geweint haben, weil sie zu ängstlich war, es öffentlich zu zeigen.

Jana wartete nicht, bis der Freund mit den Zetteln vom Zimmerfußboden gekommen war. Sie wusste, dass er nach zwölf Tagen endlich mit seiner Schreiberei fertig geworden war, wusste schon lange vor uns, wie es ihm ergangen war, weil sie die Einzige war, die ihn inzwischen besucht hatte. Zwei Tage davor noch.
Sie sagte, dass sie ein hässliches Gefühl vom Hals abwärts habe, das sie kaum noch unterdrücken könne. Vor allem, seit sie auf dem Weg hierher durch eine Herde von gurrenden, schmutzigen Tauben marschieren habe müssen, die entlang des Wegs im Stadtpark hockten und die nicht und nicht wegfliegen wollten. Sie musste an ihnen

vorbei, und eine der Tauben scharrte nur wenige Zentimeter von ihr entfernt mit den Krallen über den aufgesprungenen Asphalt. Sie spürte, wie die Vögel mit ihr spielten.
Dass der ganze Tag ein einziger solcher Spießrutenlauf zwischen neben ihr aufstiebenden und vor ihr wieder landenden Schwärmen sei, bemerkte sie, hässlicher noch als gestern. Sie wollte nicht mit uns warten.

Mit der Tasche über dem Arm lief Jana zu den Toiletten, quer durch den Raum, und hing dort wohl eine Stunde lang über der Klomuschel, abwechselnd von Krämpfen geschüttelt oder sie erbrach graue Flüssigkeit, die sich im Toilettenwasser schnell verlor.
Dazwischen, wenn sie wenige Minuten lang Ruhe hatte, wischte sie sich den Speichel vom Kinn und versuchte vor dem Spiegel, ihr Gesicht wieder zurechtzurücken. Sie zog sich die Augen nach und trug weiße Schminke auf, wo sie sie zuvor mit den Resten des Erbrochenen verwischt hatte. Sie strich sich die Haare zurecht, musste plötzlich an Federn denken, an kleine zusammengeklebte Federknäuel, wie man sie auf jedem Dachboden findet oder in den Kanalgittern am Straßenrand, und die Übelkeit schwallte erneut in ihr hoch. Sie rannte zurück zu ihrer Toilette, hielt sich mit den Armen am Spülkasten fest, über den Abfluss gebeugt, und spuckte dort und ließ so lange heraus, bis nichts mehr da war.

Nach einer Stunde kam sie ohne Stimme, aber einigermaßen sauber an unseren Tisch zurück. Sie setzte sich leise und versuchte ein Lächeln in Richtung unserer teilnahmslosen Mienen. Der Freund mit den Zetteln vom Zimmerfußboden war vor einer Viertelstunde gegangen und hatte sein Gedicht, ohne uns eine Abschrift davon zu hinterlassen, wieder mit sich mitgenommen.

Die wunderbare Geschichte. Wo ein knapper Blick auf das Blatt Papier genügt hätte, um Jana für die unzähligen leeren Stunden am Klavier zu entschädigen. Für das reglose Instrument.
Für jede Nacht, in der ich mit ihr schlief. Das ist so.

Die Reise ganz zuletzt erneut: Die Fahrt ans Meer, weil dich die Stadt mit ihren langen Promenaden und Menschen, Häusern, Himmeln viel zu sehr erdrückt; verlöscht, wie Frost das Zirpen der Zikaden.
Es regnet, seit du losgefahren bist. Die Straßen überschwemmt, fahr nicht zu schnell. Du sagst, du bist zurück bevor es Abend ist. Du fährst und es wird Morgen und wird hell, und einzig die Erinnerung wird bleiben. Und die nur kurz. Und nur vom Regen. Weil selbst im Spiegelbild der Autoscheiben sich die Gewitter nur ganz langsam legen.

Du folgst weiterhin dem trägen, bleiernen Himmel und zwingst ihn, sich zu färben.
Und er verfärbt sich. Die Wolken lösen ihn auf. Es wird immer lichter, je näher du Piran und der Küste kommst.

* * *

Janas Leben blieb unverändert und so lieblos, wie es immer schon gewesen war.
Der Freund mit den Zetteln vom Zimmerfußboden schickte sein Gedicht an einige Literaturzeitschriften und auf unser Zuraten auch an einen Verlag. Es war für uns nur eine Frage der Zeit, bis es auch außerhalb unserer Kaffeehausrunde einem jeden zugänglich gemacht werden würde. Abgedruckt. Veröffentlicht. Liebe für den Mann von der Straße.

Eine neue Wartezeit begann, eine Zeit, in der wir, hin- und hergerissen zwischen der Erinnerung an das vor Wochen Gelesene und der Erwartung des Triumphes in allen Blättern und Magazinen, wahrscheinlich mehr rauchten als gewöhnlich.
Bloß Jana saß in ihrem abgeriegelten Zimmer hinter dem Klavier, rauchte dort für sich allein und wartete, die Hände den Tag lang in ihr Schattenspiel versenkt, auf das Einschalten der Straßenbeleuchtung. Damit ihr Zimmer wieder in das orangefarbene Licht getaucht wurde, damit es wieder Nacht wurde. Und wieder Nacht.
Und immer so weiter.

Die Antworten der jeweiligen Literaturzeitschriften lauteten alle mehr oder weniger ähnlich: Der Freund mit den Zetteln vom Zimmerfußboden sei ein begnadeter Schriftsteller. Ein Genie womöglich, vor allem in Anbetracht seines Alters und der Kunstfähigkeit, mit der er so jungfräulich, also praktisch ohne jegliche Schreiberfahrung, seine Sprache handhabe. Man könne sich an überhaupt

niemanden erinnern, der heute so oder so ähnlich schreibe. Vor allem heute nicht mehr.
Deshalb lese man so etwas heute auch nicht mehr.

Und duzen Sie uns bitte nicht.

Der Verlag war immerhin ein wenig ausführlicher: Man sollte einzelne Wörter darin streichen, es wären eindeutig zu viele. Der Freund mit den Zetteln vom Zimmerfußboden sollte sich vielleicht einmal ein, zwei Nachmittage zurück an den Schreibtisch setzen und versuchen, in etwa die Hälfte seines Gedichtes wegzukürzen. Wo das nicht gehe, wo man nichts oder nur schwer etwas herausschneiden könne, müsse er eben mit Rücksicht auf die Gesamtkomposition den betroffenen Satz vollständig ausstreichen. Dann nehme das Gedicht schon eine durchaus brauchbare Form an, zumal man immer und immer wieder dessen erfreuliche Einzigartigkeit zu betonen habe.
Man habe selbst zwar im Moment keine Verwendung dafür, da sei es dann doch noch ein wenig zu unlesbar, aber man könne ihn gerne und mit den besten Empfehlungen an einen anderen Verlag weiterleiten. Oder er solle es vielleicht einmal bei einer Literaturzeitschrift versuchen. Das ist so.
Und duzen Sie uns nicht.

Das Gedicht wirke lose, irgendwie zusammengefügt wie Schäfchenwolken, und die Flut der Bilder – ambitioniert, aber nicht unbedingt neu – ertränke den Leser mehr als dass sie ihn mit sich reiße. In der Tat fühle man so etwas wie ein feuchtes Frösteln während der Lektüre, beinahe wie Raureif. Ein Gedicht, das ganz abscheulich sei beim Lesen.

Hässliche Schwarz- und Weißmalerei. Ein Geruch wie nach einem ungelüfteten Raum, der dem Ersttext zudem wie in einem dünnen Film anhafte. Das ganze Blatt Papier stinke danach.

Man sah ihn über den Rahmen einer dünnen Brille hinweg an, wie Milchglas, und gab ihm den gutgemeinten Rat mit auf den Weg, auch diejenigen Stellen aus dem Gedicht zu streichen, die mit *Ach du...* begannen. Wie ein Brief, der an keinen gemeint ist. Das verstärke das abartige Frösteln nämlich nur noch.

Also duzen Sie uns nicht.

Sein Gedicht sei im Übrigen so notwendig wie ein verregneter Sommer. Den wolle auch keiner.
Eine vage Erinnerung kam dem Freund mit den Zetteln vom Zimmerfußboden, von der er sich aber nicht sicher war, was sie bedeutete. Es war etwas in den Worten. Im Milchglas der Brille.
Dazu beschlich ihn das seltsame Gefühl, er könnte sich in der Tür geirrt haben, oder im Gebäude, und die Milchgläser galten in Wirklichkeit gar nicht ihm.
Man gab ihm sein maschinebeschriebenes Blatt mit der wunderbaren Geschichte darauf zurück, und er war sich

sicher, im falschen Raum zu stehen. Man schüttelte ihm die Hand. Der Blattrand war mit Bleistiftkürzeln verschmiert. Man komplimentierte ihn in den fensterlosen Korridor hinaus, durch den er gekommen war und der nach dem Wachs der Fußböden roch. Eine gebückte Frau polierte mit einem Lappen den Flur. Man nahm das sehr wörtlich: ihn *hinaus komplimentieren.*

Das war das Ende der wunderbaren Geschichte. Er warf sie zu den anderen, unvollendet gebliebenen Versuchen der Vortage zurück, zu den Streichungen und verzweifelten Beschneidungen, den Kürzungen, wo sie zwischen den vielen Blättern verschwand. Als Jana ihn zwei Wochen später fragte, ob er sie ihr schenken mochte, sie würde sie gerne zusammen mit ein paar anderen Sprüchen, die sie berührt hätten, auf den Boden ihres Zimmers kleben, wusste er schon nicht mehr, wovon sie sprach.

Er sah ihr ins Gesicht und sagte ihr zum ersten Mal seit Wochen wieder, wie hässlich sie sei. Dass sie nun schon hausieren gehe um die Gedanken anderer, anstatt sich endlich abzuschminken, sie rieche noch immer nach saurer Milch zwischen den Beinen. Er könne es bis hierher ausmachen.
Dass er ihre Idee, den Fußboden mit Texten und Aussagen irgendwelcher Leute zu pflastern als ebenso abstoßend empfinde wie ihre ewige Kotzerei, sobald sie nur irgendetwas sehe, das Flügel habe oder im Entferntesten flattern könne. Ihre lächerliche Angst vor den Vögeln, die sie end-

lich ablegen sollte, weil es nun einmal so war auf dieser Welt. Und jeder am Ende jeden vögelte.

Jana bekam das Gedicht von der Liebe nie zu Gesicht.

* * *

Du bist hässlich. Ich hasse dich. Das ist so. Schau dich nicht um. Die Lichter brennen wieder. Es ist Nacht, wie jeden Tag. Draußen vor dem Fenster steht die grausame Generation, zum Aufmarsch bereit. Sie rufen nicht deinen Namen. Sie gehen an dir vorbei. Wie jede Nacht. Sie sehen dich nicht an, wenn sie marschieren. Sie sammeln sich langsam, wie man es den Staren nachsagt, auf den Telegrafendrähten. Ein Schwarm zusammen- und auseinanderstiebender schwarzer Vogelkörper, ein Geschrei und Gezeter. Zahllose Schwingen, die den Wind erzeugen, der über die Felder fährt.

Sie schreien alle. Sie alle schillern, oder glänzen.
Schau dich nicht um, wenn sie unter deinem Fenster vorbeihuschen. Setz dich leise. Spiele dein leises, lächerliches Lied am Klavier dazu. Es ist Nacht, wie jeden Tag.

* * *

Erst als sie wieder Zuhause war, duckte sich Jana unter den Worten ihres Freundes. Sie blieb eine halbe Stunde lang vor dem großen Spiegel im Vorzimmer stehen, wo sie sich hin und her wiegte, ihren Rücken begutachtete und ihre Brust und dem eigenen Gesicht Grimassen schnitt, was ihr gefiel, weil die Schminke auf ihren Wangen dabei aufbrach und abschuppte. Der Lidrand ihrer Augen wurde dünner. Nach einer halben Stunde war sie soweit, dem Freund mit den Zetteln vom Zimmerfußboden endgültig zuzustimmen. Sie war hässlich. Ihr ekelte vor sich selbst; vor ihrer Gesichtslosigkeit, die trotz Lippenstift und Mascara noch erhalten blieb. Vor dem Geruch, der von ihr kam, seit sie auf der Suche nach dem kleinen dunklen Mädchen über den vogelbesetzten Innenhof gelaufen war. Vor dem kleinen dunklen Mädchen überhaupt und vor ihrer ewigen Kotzerei.

Unwillkürlich musste sie wieder an die Vögel denken. An Hühner diesmal, die sie beim Spielen im Nachbarsgarten einmal beobachtet hatte, als sie selbst noch ein Kind und das kleine dunkle Mädchen war. Es waren sieben bis acht Hennen, die der Nachbar zur eigenen Unterhaltung in seinem Garten zog und die Jana damals, wenn sie aufrecht stand, bis über die Knie reichten. Deshalb hockte sie auch oft in sicherer Entfernung hinter der Umzäunung des Nachbargartens, die Finger in den Maschendraht geklammert, und sah den Tieren zu, wie sie im Boden scharrten, Käfer aufpickten, was beim Zerspringen der Chitinpanzer ein hässliches Geräusch gab, oder sich gegenseitig die Federn ausrupften. Darüber das ständige Gegackere und Geschrei, das Jana schon damals in den Ohren schnitt.

In einer Ecke des Gartens lagen die Knochen eines toten Huhns in der Sonne, das war vor einer Woche an Durchfall gestorben. Der Nachbar hatte den Kadaver ausgelegt, damit sich die anderen Hühner die Schnäbel daran wetzten und ihre eigenen Mangelerkrankungen an dem Aas befriedigen könnten. Einen Monat später waren sie wahrscheinlich ohnehin alle tot oder verkauft.

Aber das Bild blieb: Die großen braunen Vögel, die sich mit blutigen Schnäbeln gegenseitig das Gefieder zausten, dass ihnen Staub und Daunen daran kleben blieben und sie vor lauter Gier und Schrecken wie wahnsinnig zu gackern und herumzulaufen anfingen. Dumme, vom Blutgeschmack verrückt gewordene Hennen, die den Boden aufwühlten und durch ihr Geflatter Jana mit Steinchen und ausgerissenem Gras bewarfen.

Die Übelkeit stieg aufs Neue in ihr hoch, aber sie kämpfte gegen die Erinnerung an und gegen das Drücken in ihrem Hals, das sich immer enger schloss. Sie schnappte nach Luft, dachte zugleich weiter an die Tiere, aber sie schaffte es, diesmal nicht aufzustoßen. Sie fühlte sich schwindlig, ließ ihre schwarze Weichplastiktasche wo sie war vor dem Spiegel fallen und setzte sich ans Klavier.

Sie war hässlich. Es war wahr.

Es war in manchen Nächten, wenn ich mit ihr schlief, vor dem Zu-Bett-Gehen, dass sie sich zur Gänze auszog und sich im orangen Licht betrachtete, das von der Straße durch die quergelegten Jalousien in ihr Schlafzimmer fiel. Dann war sie nackt und ebenfalls orangefarben.

Sie legte sich einen Finger auf ihr Geschlecht und schloss langsam die Augen, weil sie das Licht wie eine dritte Hand auf ihrem Körper spürte. Weil sie mit jedem Tag, den sie sich hässlicher und ausdrucksloser fand mehr davon träumte, dass jemand zu ihr ins Zimmer kam. Ans Klavier womöglich, um das zauberhafte Stampfen und Stoßen im Inneren des Instruments auch endlich an sie heranzutragen. Der Freund mit den Zetteln vom Zimmerfußboden vielleicht, von dem sie wusste, dass sich hinter seinem Sarkasmus bloß ein gutes Herz verstecken konnte. Sie haben ja alle so ein gutes Herz.

Und sie wollte, dass jemand *Jana...* zu ihr sagte. Sie endlich aus ihrem heimlichen Zuschauerraum herausführte und hinauf auf die Bühne.
Da stehst du jetzt, Jana.
Da bist du jetzt eine von uns.
Du hast ein Gesicht wie wir.

Sie zuckte einen Augenblick zusammen und verfing sich darin, zuckte weiter kurz und regelmäßig mit dem Becken, während sie ihren Finger immer tiefer in sich hineinsteckte. Der Bauch ihrer Freundin kam ihr eine Sekunde lang vor die Augen. Ein glatter, weißer Bauch, der sofort wieder verschwand.

Dass jemand zu ihr kam, wünschte sie sich, in ihrem Zimmer stand und Jana sagte, *Jana*, dass er ihr Gesicht mochte. Dass er sie liebte, wie sie war, und sie lachte bei dem Gedanken daran, so gut ihr Spasma es zuließ.

Dass er ihr hässliches Gesicht liebte und die viel zu lange Nase. Die Lippen, die dünn wie Milch waren. Die Augen, die viel zu tief lagen, um noch schön zu sein. Die überschüssige Haut am Kinn und an den Wangen, die ihr Gesicht jedes Mal mit losen Gewebsfalten einfasste, wenn sie gähnte oder den Mund zu weit offen ließ. Die Reste der Zahnregulierung zwischen ihren Zähnen, und das viele Körperfett überhaupt. Sie wollte, dass er es streichelte oder zumindest darüber hinwegsah. Sein still empfundener Ekel würde sie nicht kränken.

Er müsste sie dabei nicht ansehen, wenn ihm nicht danach wäre: den faltigen Hals oder die Brust, die ihr bis auf den Bauch fiel, wenn sie saß. Das faltige Gewebe rund um ihre Hüften. Sie hasste sich. Sie war hässlich.

Ein Schütteln lief ihr vom Kopf bis zu den Zehen. Jana biss sich auf die Zunge, um nicht zu schreien. Wegen der Nachbarn.

Der weiße Bauch ihrer Freundin.
Der weiße Bauch ihrer Freundin mit der harten Stelle über dem Nabel.

Man schreit nicht.

Man hält auch beim Essen den Mund, wegen der Nachbarn.

Es war dunkler geworden in Janas Zimmer, trotz der Straßenbeleuchtung. Sie sah den Staub zwischen den

Blenden tanzen. Sie selbst war ganz ruhig, bloß ihr Herz schlug. Dein leises Herz, Jana.

Sie lehnte sich zurück auf ihr Bett und verfiel in ein lispelndes Summen. Das Kinderlied, mit dem das kleine dunkle Mädchen so oft in den Himmel hinaufgeschaut und sich gefreut hatte, dass der so hell war während sie schlief. Und in der Nacht das gleiche Kinderlied, *weißt du wie viel Sternlein stehen dort am hohen Himmelszelt? Weißt du wie viel Wolken gehen weithin über alle Welt? Gott der Herr hat sie gezählet, dass ihm auch nicht eines fehlet, an der ganzen großen Zahl. An der ganzen großen Zahl.*

Die, die nicht leuchten; die nicht schreien und nicht glänzen vermisst man nicht. Weil die sieht man nicht. Das ist so.

Ich schlief dann mit ihr.

Im orangen Licht, mit dem letzten Lärm von unten aus der Elisabethstraße, eine Sirene vielleicht. Es fuhren immer Sirenen vorbei in der Nacht, mit Blaulicht, manchmal ohne. Manchmal blieb selbst die Sirene aus, dann flackerte nur das Licht der Scheinwerfer vorüber. Jana schob die Jalousien auseinander, blickte auf die zu spät Kommenden auf den Gehsteigen und wie sich die letzten Reste der grausamen Generation nach der Innenstadt hin versprengten, während der jemand, von dem sie träumte, langsam neben ihr Gestalt annahm. Ihr Vampir.

Er hatte kurze Haare und eine kurze Nase. Derselbe Schatten, der auch am Tag ihrer Abreise ans Meer zu ihr ins Auto eingestiegen war. Der sie in zunehmendem Maße selbst bei Tageslicht verfolgte, aus den anderen Schatten, aus den Büschen heraus. Den sie sich ausmalte, wie er in der Nacht endlich über sie kam, mit seinem kurzen Haar und der kurzen Nase, und sie endlich beim Namen nannte. Er würde ihr ins Ohr flüstern und sie bei der Hand nehmen, ihr zeigen, wie sie mit den Hüften zu kreisen und die Beine zu spreizen hatte, dass er endlich ganz in sie eindringen konnte. Ihr Innerstes erfühlen. Sie kennenzulernen, um ganz zuletzt die Lieblosigkeit aus Janas Leben zu nehmen. Obwohl sie hässlich war.

Obwohl sie nichtssagend war.
Obwohl es ihn abstoßen musste, sie in ihrer Nacktheit anzusehen.

Weil sie wollte, dass er ihr endgültig die Angst vor den Vögeln nahm; wenn sie selbst wie mit den Flügeln schlug womöglich; wenn er sie begattete, wie sie es so oft zuvor in dem hässlichen Spiel der Tauben auf den Gesimsen der Stadt gesehen hatte, unter- und übereinander in einem beständigen Geschnattere und Geschnäble.

Die Angst vor dem Fliegen.

Weil wir alle nach den Sternen greifen wollen, auch wenn wir uns die Finger daran stoßen. Und du wirst nie mehr das kleine dunkle Mädchen, das du einmal warst.

Und es streicht dir niemand mehr über dein Haar und erklärt dir nebenher die Sterne. Keiner bewahrt sich sein Gesicht.
Keiner behält die alten Fotografien für immer an der Wand. Und keiner von uns bleibt auf ewig unschuldig: Es bereitet uns zu viel Vergnügen, entjungfert zu werden. Das ist so.

Danach nimmst du dein Kinderbuch vom Regal und schlägst es auf der Seite auf, wo du vor Jahren den seltsamen Falter eingelegt hast. Gleich nachdem du ihn auf der Fensterbank gefunden hattest. Er ist flach und grün, er wiegt fast nichts, wenn du ihn in der Hand hältst.
Du machst die Hand hohl. Du spürst die filigranen Flügel reißen, ohne ein Geräusch, und du zerreibst den Falter, bis zwischen deinen Fingern nur noch Staub ist und der tote, unscheinbare Kokon seines Körpers. Der Staub von Schmetterlingsflügeln wie Asche, nur bläst sie dir der Wind nicht länger ins Gesicht.

* * *

Seit Jana den Vampir das erste Mal gesehen hatte, wünschte sie sich, dass er der *jemand* wäre, der in ihren Träumen zu ihr kam. Dass er sich auf sie legte am Anfang der Nacht, wie er plötzlich am Tag vor der Abreise bei ihr gewesen war. Er war dort gestanden, wo hinter der Tür bloß wenig Licht ins Zimmer fallen konnte, weil er nur dort sicher war.

Er war die Gestalt, die hinter ihrem außer Rand und Band gelaufenen Filmprojektor stand und die die Kurbel des Apparats leer schlagen ließ. Der Erzähler. Die Totale.
Der Leierkastenmann, der in den blanken Stellen zwischen den schwarzweißen Bildern Platz genommen hatte: schwarzweiß wie die Tasten des Klaviers, schwarzweiß wie die Druckbuchstaben auf einem Blatt Papier. Der zwischen ihr stand und dem Publikum und der abwechselnd den Zuschauerraum der einen Seite zur Bühne für die andere Seite machte.
Ein kleines Äffchen, das auf seinen Schultern hockte und ihm dabei einsagte, derweil die Leierkastenleier haltlos durchging, derweil sie alle stillen Grenzen brach, die im *Du* verborgen lagen, und *du* wirst mir zum Buch, in dem ich von mir lese. Vor allem aber *vice versa*. Es beginnt dann immer mit denselben Worten, derselben Leier: *Ihr tut mir weh.*

Er hatte sie lange Zeit scheu und ohne ein Wort zu sagen angeblickt. Sie einfach angeblickt. Sie fand nicht, dass er angewidert dabei aussah. Nachdem er aber noch immer nicht mit ihr sprach, war sie sich nicht sicher, ob er sie auch wirklich bemerkt hatte.
Sie schaltete das Licht aus, um ihm mehr Bewegungsfreiheit zu geben. Es regnete draußen. Er flatterte unruhig und kaum mehr verhalten durch den Raum. Aber er blieb der Vampir, blieb stumm und immer in die Schatten gebannt. Er umkreiste sie bloß, ohne sie zu berühren, und so schlief sie ein unter dem Wind, unter dem rastlosen Schlagen seiner Flügel, mit denen er ihr Luft zufächelte.

Am Tag vor der Abreise.

Die Straßen waren nass am nächsten Morgen, als sie sich ins Auto setzte und nach Süden losfuhr. Pfützen am Fahrbahnrand; der Regen musste ihr den Vampir unbemerkt ins Zimmer gespült haben.
Fahr nicht zu schnell, die Straßen waten im Wasser.

Am Tag hingegen war er ihr erst ein einziges Mal begegnet, als er Janas Freundin an der Ecke bei der Schneiderei geküsst hatte. Vielleicht: Denn durch die nackten und sonderbar verrenkten Beine der Schaufensterpuppen hindurch war sie sich nie ganz gewiss geworden, ob er derselbe gewesen war, von dem sie Nacht für Nacht träumte, oder nur sein Trugbild. Die Scheiben waren zu schmutzig dafür. Mehr erkannte sie nicht. Und das zärtliche Fingerspiel der beiden, unberührbar hinter dem Nebel aus Schlieren und schmierigen Handabdrücken auf dem Glas.

Jana wusste nicht einmal den Namen des Freundes, aber sie begleitete ihre Freundin oft bis ans Glacis, wenn diese im Stadtpark verabredet war. Was die beiden dort taten, wusste sie nicht mehr. Sie machte an der Kreuzung kehrt und ging die Elisabethstraße zurückhinauf.
In die Wohnung. Ans Klavier. Während es noch Nachmittag war und die Sonne schien, saß Jana am Klavier und spielte.

In diesen Momenten vergaß Jana vielleicht zum einzigen Mal auf ihr Schattenspiel. Die seltsame Maskerade brach zusammen, hinter der verborgen sie sonst bloß die Tasten streichelte und vorgab, die eigene Musik hören zu können. Vorgab, auch wirklich spielen zu können. Die Jalousien waren heruntergezogen, vom Aufstehen noch, wo sie sie wie sie waren zurückgelassen hatte. Aber nicht mehr das heimelige Licht der Straßenbeleuchtung fiel ins Zimmer; nicht mehr die Nacht, sondern der grelle Nachmittag von draußen, der über dem Schlossberg stand.

Jana spielte nicht nach Noten.
Sie sah sie nicht einmal, es blendete zu stark, und irgendetwas war in ihren Augen. Der Blick befangen.

Sie spielte lange. Stunde um Stunde.

Sie drückte eine der Tasten bis zum Anschlag durch und wartete, wie ihr Finger am Boden der Tastatur aufschlug. Es tat ein bisschen weh, unbemerkt fast zu Anfang, aber zugleich mit dem Schmerz stellte sich auch ein Ton ein, der sie überraschte, weil sie zuvor kaum jemals mit Tönen gespielt hatte. Es war nur ein ganz leiser Schmerz, und ein sehr schöner Klang.

Sie spielte weiter, und der Schmerz in den Fingerkuppen beim Aufprallen wurde stärker. Sie wurde lauter und schneller. Sie genoss den Schmerz, ließ die Finger laufen, weil sie Ähnliches noch nie zuvor erlebt hatte. Je härter sie auf das Instrument einschlug, je mehr jeder Ton und jeder Akkord in ihren Händen weh tat, einfach nur weh tat, umso besser wurde ihre Musik. Sie war plötzlich überall. Jana konnte sie hören, selbst wenn sie die Augen schloss.

Und es tat weh.

Jedes Mal, wenn das Klavier sie zurückstieß. Wenn sie die Zähne zusammenbiss und weiter gegen die Tasten raste, wieder abprallte, wieder zurückschlug, es noch einmal versuchte, und weiter und weiter. Es tat weh. Die Musik hüllte sie ein, und wo sie in der Geschwindigkeit abrutschte oder die falschen Dreiklänge griff, stand ein Donnern von einer solchen Intensität dafür ein, wie sie es noch nie und nirgendwo gehört hatte.
Eine Melodie, die sie für all das entschädigte, was in ihr vorging, während sie ohne jede Anmut mit Armen und Ellenbogen auf die Tastatur eindrosch. Schwarz und Weiß spielten keine Rolle mehr, sondern einzig und alleine, vielleicht nur für eine flüchtige Sekunde, Jana, oder das kleine dunkle Mädchen.

Das riesige, reglose Instrument. Was ihr wehtat, und die Saiten. Die schrien auch, wenn man sie schlug.

* * *

Ihre Freundin mit dem weißen Bauch, die ihr Hemd auf dem Nachhauseweg verkehrt herum trug, damit keiner die warme nasse Stelle sah, wo sie sich den Samen ihres Freundes so gut wie möglich abgewischt hatte. Das seltsame Gefühl, als spüre sie seine Umarmungen immer

noch auf der Haut, nicht wie den Wind. Auch nicht wie Sand.
Sie hielt die Arme vor dem Körper verschränkt, damit es niemandem auffiel, dass die Knopfreihe fehlte und wie ihr der Kragen immer wieder ins Gesicht schlug. Dabei lachte sie in einem fort, fand es lachhaft: sich, die Leute, die Szene im Stadtpark, wie wir es alle lachhaft finden beim ersten Mal. Beim ersten Mal.
Aus der Angst heraus wahrscheinlich, die sie hatte, die *du* hast, weil du weißt, dass nichts mehr so wird, wie es einmal war. In der nächsten Nacht zitterst du schon nicht mehr. Du machst dieselben hässlichen Bewegungen, die dein Vampir dir beigebracht hat. Du lässt dich aushalten für die Spucke in deinem Mund. Beim zweiten Mal bist du dann um nichts mehr wert als irgendeine, die man sich vom Straßenrand klaubt.

Je mehr ihre Freundin auf die andere Seite vordrang und Jana auf der einen, alten zurückließ, desto fremder wurden sich die beiden. Man sah sich immer seltener. Man lebte sich auseinander. Man lebt sich eben auseinander, bis die beiden am Ende kaum noch miteinander sprachen. Das ist so.

Du bist gesichtslos, ohne deshalb jemals eine von den Gesichtslosen zu sein. Du bist nicht wie die anderen, und niemand ist genau wie du. Jana wusste es, bevor es der Freund mit den Zetteln vom Zimmerfußboden zur Gänze aussprach. Anderntags. Und wieder im Kaffeehaus. Du bist hässlich, Jana. Ich hasse dich.

Das Mädchen Marianne fiel ihr wieder ein, das die Kinder beim Spielen tot im Bachbett gefunden hatten, wo sie zwischen dem Schnee und dem Schmelzwasser lag, im letzten Schnee des Frühjahrs, bevor das Eis zerbrach. Wo sie mit dem Gesicht nach unten eingeschlafen war, und nichts blieb von ihr zurück. Keine Nachricht. Kein Brief. Die Radiomeldung verschwand noch am selben Tag wieder, an dem man das Mädchen entdeckte. Die Strömung schwemmte das Bachbett wieder flach.

Mariannes Gesicht und Bauch waren von schwarzen Malen entstellt, wo die Steine am Grund drei Tage lang auf sie eingedrückt hatten, während ihre Glieder immer weicher geworden waren, je weiter aufgedunsen sie wurde. Sie sah aus wie misshandelt. Ihr wässriger Körper, der so farblos wirkte, als man ihn ans Ufer zog, bis auf den blau gestreiften Pullover. Und einem Bauch voller schwarzer Flecken.

Jana hatte gelesen, dass man Spuren von Algen oder Moos in Mariannes Haar gefunden hatte, weil es so lange offen im Wasser getrieben hatte, und sie fragte sich, was aus dem samtroten Haarband geworden war, dessentwegen sie als Kind so eifersüchtig gewesen war. Ob sie es noch getragen hatte, und wenn man es fand, was dann damit geschah. Wer es bekam; es war schön und weich wie Samt. Das Wasser würde es nicht zu stark beschädigt haben. Bloß das kleine dunkle Mädchen, das Marianne einst so darum beneidet hatte, wollte es nicht mehr.

Und plötzlich, während der Freund mit den Zetteln vom Zimmerfußboden noch lauthals über sie lachte; während er die Asche seiner Zigarette abdämpfte und ihr die eigene Unansehnlichkeit in einem fort vorführte, ihre plumpen Gesten, ihre ungeschickten Gespräche; ihre Lieblosigkeit; sah sie ihn mit einem Mal an und sagte leise, er solle damit aufhören, und: *Du tust mir weh.*

Zuviel Mascara auf ihren Augen.

Ihr tut mir weh. Du tust mir weh.
Ich habe mich oft gefragt, wann ich dich zum ersten Mal verloren habe. Von Anfang an womöglich? Die lächerlichen Eskapaden, wenn wir zuviel tranken, hinter denen sich nie viel versteckt hat? Verletzlich wie eine Muschel, wenn man die Perlen herausbrach. Mehr war da nie.

Als ich dir ins Gesicht spuckte wahrscheinlich, und mich erst danach bei dir entschuldigte, weil der Anblick zu grotesk war: dein Gesicht, auf dem Weg dazu, zur Miene zu werden, und der weiße Speichel, der dir über die Wangen tropfte. Und der Streit. Und die Worte. Du musst mich gehasst haben, weil du mir erst später geschrieben hast, und seitdem nie wieder. Du musst mich hassen; jetzt weiß ich es. Du Kind du. Ich warte nicht auf dich. Schlaf gut, und von nun an jede Nacht.

* * *

Ohne ein Wort stand Jana vom Tisch auf und verließ das Kaffeehaus, doch diesmal nicht in Richtung der Toiletten,

sondern nach dem Ausgang zu und auf die Straße hinaus. Sie rannte beinahe, als könnte sie der Parodie des Freundes mit den Zetteln vom Zimmerfußboden nicht schnell genug entkommen. Sie schob die schwarze Weichplastiktasche vor sich her durch den Schwarm von Tischen und Kaffeehausstühlen.
Wir beobachteten sie durch die großen Kaffeehausfenster, als sie endlich den Ausgang erreichte. Sie lief die Allee entlang und wahrscheinlich nach Hause, durch den Stadtpark auf dem Weg in ihre Wohnung. Eine Wolke Spatzen fuhr vom Gehsteig hoch, als sie vorbeihastete, stieg rasch empor, ohne sich um das seltsame Mädchen zu kümmern und verlor sich über ihrem Kopf in den Kastanienbäumen.

Am Strand bleibst du nicht mehr als eine Stunde, suchst lange unter Palmen und Zypressen Schneckenhäuser, von der See zerfressen, und findest Steine. Du führst deine Runde ein wenig von der Küste weg und in die Stadt, das Meer ein Spiegel jetzt. Du sagst, dass du nicht in ihn sehen magst, und dass er sich vor Tagen schon beschlagen hat.
Die Muschel, hast du mir Piran beschrieben, das mediterrane Piran. In der Erinnerung geblieben ist es lange. Ist es dasselbe.
Das ist so.

Jana sprach nie mehr darüber.

Sie warf kleine Steinchen gegen einen feuchten Brunnenrand an einem Tag im Herbst, der wie jeder andere war.

Sie sagte zu mir, dass ich nach dem Wasser roch, worüber ich lächeln musste.

Ich tue es jetzt noch manchmal.

Sie sagte mir auch, dass sie wusste, dass ich mit ihr schlief. Jede Nacht von dem Moment an, da ich sie kennen gelernt hatte. Ich sollte nicht denken, dass sie es nicht bemerkte, wie ich Nacht für Nacht zu ihr kam. Wie ein Vampir, der sich nie zur Gänze aus seinen Schatten hervorzukommen traut. Der Erzähler im Leerraum hinter den Bildern. Er ist sicherer dort.

Mit kurzem Haar und kurzer Nase.
Ich sollte nicht glauben, dass sie es nicht bemerkte, wie ich sie ansah. Ich sollte nicht glauben, sie wüsste es nicht, von jeder Nacht, in der ich sie begleitet hatte: Als sie am Badezimmerboden einschlief, nackt und nass und bis über den Hals hinauf angekotzt; der Sekundenschlaf auf der Autobahn während der Fahrt nach Piran im Regen. Nur am Klavier bisher noch nicht.
Am Klavier bisher noch nie.

Ich sah sie an und sie meinte, ich wüsste schon, wann es an der Zeit sei. Wann selbst das Instrument keine Barriere mehr darstellte, die unüberbrückbar war.

Ich nickte leise, und während Jana ein weiteres Steinchen warf, einen bronzenen Faun oder einen ähnlichen Wasserspeier damit traf, sagte sie, dass sie es gut fand. Es sei die einzige Methode, jemanden wirklich kennenzulernen; sein Innerstes zu erfühlen, indem man mit ihm schlafe.

* * *

Sie sprach nie zur Gänze aus, was damals nach ihrer Flucht geschah. Was mit ihr passierte, als sie an der Spatzenwolke vorbeilief, seit sie durch die Kaffeehaustür gegangen war, seit sie vom Tisch aufgesprungen und nicht nach zu Toiletten gerannt war, weil sie dem Freund mit den Zetteln vom Zimmerfußboden nicht länger zuhören wollte.

Weil sie hässlich war.

Vielleicht, dass Jana deshalb wenige Wochen später nicht aufgab, wie sie sagte, nach den Sternen zu greifen und so lange weiter Haschisch und heiße Luft in sich hineinzog, bis sie ihr aufstieß und sie alles erbrach. An dem Tag, an dem sie ihr Gesicht nicht im Spiegel sehen wollte, weil man sie ausgegriffen hatte, unter den dunkelblauen Kacheln an der Wand.
Vielleicht auch deshalb, dass sie wieder nur ein paar Wochen darauf schrie. Sich einfach ans Klavier setzte und losschrie, ohne eine Taste zu berühren. Gerade so, als wäre es, was sie ihr ganzes Leben lang getan hätte. Janas Schrei am Klavier.

Greif nicht nach den Sternen, sagte sie, du schneidest dir bloß die Finger daran. Sie sind nicht für uns bestimmt.

Wir sind nicht für die Ewigkeit.
Wir altern. Wir werden hässlich. Wir verlieren unser Gesicht mit dem Ende der Kindheit und bekommen stattdessen eines, das euren nichtssagenden Mienen bis ins Letzte gleicht. Eure Gesichter, die uns schon verletzen und schreien machen, kaum dass wir geboren sind.

Janas Teich fiel ihr wieder ein, und der Tag, an dem sie die alten Fotografien endgültig von der Wand nahm, die sie zeigten, als sie noch das kleine dunkle Mädchen war. Mit gekräuselter Nase, wenn sie lachte, in Schwarzweiß. Wie das Klavier.
Sie öffnete die Rahmen der Fotografien und hängte sie, leer, an ihren Platz zurück. Ein paar Tage lang blieben sie so, während sie die gebrauchten Ablichtungen von sich fein säuberlich in eine Schatulle schlichtete, sie dort in Watte einschlug und in zusammengerolltes Zeitungspapier wickelte. Sie verglich das Mädchen auf dem Foto mit ihrem eigenen Bild, wie sie es immer mit den Reflexionen ihrer selbst getan hatte, die ihr begegnet waren; im Lack des Pianos oder manchmal im matten Schaufensterglas, aber sie fand nicht die geringste Ähnlichkeit zwischen den beiden.

Sie wischte ein wenig Staub von der Schatulle und ging nach draußen. Am Ende des Gartens, beim Haus ihrer Eltern, war ein Teich, wo Schilf und Seerosen wuchsen. Schilf und Seerosen waren verblüht, weil es bereits Herbst wurde und nur noch wenige Wochen vor dem ersten Frost lagen. Das Schilf stand braun und scharfkantig gegen den Himmel, als wäre es über all der Feuchtigkeit des Teiches rundum regelrecht in den Himmel hineingerostet. Der Rost zerfraß jetzt dort die Wolken.

Jana ging bis ans Ufer des Gewässers und blieb, dort angekommen, stehen. Wind wehte, er roch ein wenig so, wie sie sich vorstellte, dass verbrannte Erde riechen müsste: der Geruch von spröde gewordenem Ton. Die Sumpfgräser und das Schilf schaukelten unhörbar und rissen Wellenkreise in die Wasseroberfläche. Bald wäre es das Eis, das darauf trieb.

Jana streichelte die Schatulle noch ein wenig, wiegte sie wie ein Kind am Arm hin und her, dann schleuderte sie sie in weitem Bogen hinaus auf den Teich. Der Schatulle mit den Fotografien warf sie alle die anderen Bilder nach, in tausende kleine Stücke gerissen, die sie im Alter von zwölf Jahren selbst gemacht hatte. Mit einem Finger mittendrin, vor jedem Motiv, oder mit zuviel Himmel. Sie hatte nie gelernt zu fotografieren.
Das Wasser zerriss nahezu lautlos, und die Schnipsel versanken schnell. Wenige Augenblicke lang trudelten sie im Strudel auf und nieder, dann hatte sich das Papier genügend vollgesogen und sie gingen unter. Das Schilf raschelte jetzt und Jana machte kehrt und ging zurück ins Haus. Es war Herbst, das Eis würde bald kommen.
Und die Stille um Janas zugefrorenen Teich.
An seinem Grund, wo jetzt das kleine dunkle Mädchen lag.

An seinem Grund, und nur das Kratzen des Eiswassers an den dicken weißen Schollen darüber.

Vielleicht war es das, was Jana endgültig schreien ließ. Ein versunkenes Bild, das ihr immer und immer wieder in der Erinnerung aufschwamm. Ihre Einsicht dem Freund mit den Zetteln vom Zimmerfußboden gegenüber und dem eigenen Spiegelbild: Dass sie hässlich war. Dass sie nicht mehr war als jeder andere auch. Dass sie sich schminkte, um fortzugehen. Dass sie zwischen den Beinen nach saurer Milch roch.

Dass sie Angst vor den Vögeln hatte, wann immer sie auch auf die kreischenden, flügelschlagenden Tiere traf. Sie kennenzulernen, mehr war da nicht.

Das Leben definiert sich nur aus seinen Geräuschen.

Jana stieg über den Zettel hinweg, der auf buntem Papier am Fußboden klebte, mit derselben Weisung jeden Tag, und trat an das Fenster. Es war Nacht. Das Klavierzimmer wieder.
Die Jalousien waren herunter wie jeden Tag und die Blenden schiefgelegt. Die Straßenbeleuchtung war an, so dass orangefarbenes Licht von draußen in den Raum fiel und lange Schatten über Jana und das reglose Instrument warf. Der Deckel war hochgeklappt, die Tastatur lag offen. Jana wünschte sich, sie könnte mit beiden Händen von links nach rechts spielen, bis die Stille im Haus zerbrach. So laut, dass die Nachbarn von allen Seiten gegen

die Decke und die Wände ihrer Wohnung klopften, nach Ruhe verlangten und halfen, mit Jana zusammen die Stille im Haus zu zerstören.

Bis nichts mehr schlief, aber sie tat es nicht.
Sie ließ sich sanft auf den Klavierhocker gleiten, der dieselben orangefarbenen Streifen trug wie das Piano, und legte den Kopf gegen dessen glänzenden Unterleib.

Das Leben definiert sich nur aus seinen Geräuschen.

Dann schrie Jana.

Sie riss in einer Bewegung plötzlich den Mund auf, so weit sie nur konnte, und schrie, die Hände in die Tastatur geklammert, zehn, vielleicht zwölf Sekunden lang. Sie schrie laut. Sie schrie ganz alleine, für sich selbst und vor dem großen trägen Instrument. Es klang kaum nach im Inneren des Korpus.

Dann verhallte selbst das bisschen Echo und das Zimmer lag wieder genauso still vor ihr in der Nacht ausgebreitet wie eh und je. Jana ließ den Kopf an der Kante des Klaviers hinabgleiten, blieb mit der Stirn dort hängen und rang eine Zeit lang nach Luft.

Etwas Bewegliches war in den orange durchwirkten Schatten hinter ihr, hinter der Tür verborgen. Ein Flattern wie von Fledermausflügeln im abseits gelegenen Teil des Klavierzimmers, aber sie bemerkte es nicht.

Sie hielt die Augen geschlossen, und mit geschlossenen Augen schlief sie ein.

* * *

Jana.

Dein Herz geht so leise.

Ach du.

Edition Literatur
in der Steirischen Verlagsgesellschaft

Abderrahmane Bouuermouh
Anzâa oder die Erinnerung
Anzâa ou La Mémoire
ISBN 3-85489-076-1

Helwig Brunner
Gehen, schauen, sagen
Gedichte
ISBN 3-85489-065-6

Olga Flor
Erlkönig
Roman in 64 Bildern
ISBN 3-85489-066-4

Walter Held
Hofmann oder: Die Liebe ist
eine Himmelsmacht
Ein Konglomerat
ISBN 3-85489-072-9

Franz Hofer
... einen Tunnel ins Herz
gegraben
101 Liebesgedichte
ISBN 3-85489-034-6

Dževad Karahasan/Markus
Jaroschka (Hrsg.)
Poetik der Grenze
Literarische Brücken für
Europa
ISBN 3-85489-084-2

Gerhard Pelko
Das Ausschwingen der Maultrommel
Prosa
ISBN 3-85489-028-1

Wolfgang Poier (Hrsg.)
Von weißen Wolken getragen
Haikus junger AutorInnen
3-85489-063-X

Birgit Pölzl
Zugleich
Roman
ISBN 3-85489-094-X

Robert Riedl
Zum Abschied vom Vater
Prosa
ISBN 3-85489-024-9

Andrea Sailer
Ohne Abschied
Skizzen, Notizen, Betrachtungen
3-85489-073-7

Andrea Sailer
Gedanken zur Zeit
Radiokolumnen
ISBN 3-85489-043-5

Muhidin Saric
Heimat/los
Gedichte und Texte
ISBN 3-85489-039-7

Reinhard K. Saurer
Der Holzmotorsägenbauer
Eine Dorfgeschichte
ISBN 3-85489-035-4

Werner Schandor (Hrsg.)
Kafka in Graz
Und andere Episoden aus der (un)heimlichen Literaturhauptstadt
ISBN 3-85489-085-6

Johannes Schmidt
Mattelschweiger
Ein Schundroman
ISBN 3-85489-029-X

Friederike Schwab
so reise ich täglich
Gedichte
ISBN 3-85489-045-1

Christian Teissl
Entwurf einer Landschaft
Gedichte
ISBN 3-85489-055-9

Günter Traxler/Armin Turnher/Robert Treichler
Die Megaphon-Kolumnen
3-85489-068-8

Herbert Zinkl
Der doppelte Boden der Wirklichkeit
Merkwürdige Geschichten
ISBN 3-85489-054-0

Andrea Wolfmayr
Damals, jetzt und überhaupt
Erzählungen
3-85489-082-6

Die Kunst der Flucht
True stories
ISBN 3-85489-042-7